文春文庫

朝《あさ》虹《にじ》ノ島《しま》

居眠り磐音（十）決定版

佐伯泰英

文藝春秋

目次

「居眠り磐音」主な登場人物

坂崎磐音《さかざきいわね》　元豊後関前藩士の浪人。藩の剣道場、神伝一刀流の中戸道場を経て、江戸の佐々木道場で剣術修行をした剣の達人。

小林奈緒《こばやしなお》　磐音の幼馴染みで許婚《いいなずけ》だった。琴平、舞の妹。小林家廃絶後、遊里に身売りし、江戸・吉原で花魁《おいらん》・白鶴《はっかく》となる。

坂崎正睦《さかざきまさよし》　磐音の父。豊後関前藩の国家老。藩財政の立て直しを担う。妻は照埜《てるの》。

福坂実高《ふくさかさねたか》　豊後関前藩の藩主。従弟の利高《としたか》は江戸家老。

中居半蔵《なかいはんぞう》　豊後関前藩の藩物産所組頭。

金兵衛《きんべえ》　江戸・深川で磐音が暮らす長屋の大家。

おこん　金兵衛の娘。今津屋に奥向きの女中として奉公している。

鉄《てつ》五《ご》郎《ろう》　鰻屋「宮戸川」の親方。妻はさよ。

幸吉《こうきち》　深川・唐傘《からかさ》長屋の叩き大工磯次《いそじ》の長男。「宮戸川」に奉公。

今津屋《いまづや》吉右衛門《きちえもん》　両国西広小路に両替商を構える商人。内儀のお艶《えん》とは死別。

由蔵《よしぞう》　今津屋の老分番頭。

新三郎《しんざぶろう》　今津屋の振場《ふりば》役。

佐々木《ささき》玲圓《れいえん》　神保小路に直心影流の剣術道場・佐々木道場を構える磐音の師。

速水《はやみ》左近《さこん》　将軍近侍の御側衆。佐々木玲圓の剣友。

品川《しながわ》柳次郎《りゅうじろう》　北割下水の拝領屋敷に住む貧乏御家人の次男坊。母は幾代《いくよ》。

竹村《たけむら》武左衛門《ぶざえもん》　南割下水吉岡町の長屋に住む浪人。妻・勢津《せつ》と四人の子持ち。

笹塚《ささづか》孫一《まごいち》　南町奉行所の年番方与力。

木下《きのした》一郎太《いちろうた》　南町奉行所の定廻り同心。

竹蔵《たけぞう》　そば屋「地蔵蕎麦」を営む一方、南町奉行所の十手を預かる。

『居眠り磐音』江戸地図

新吉原
山谷堀
寛永寺
待乳山聖天社
向島
浅草
上野
不忍池
浅草寺
業平橋
吾妻橋
品川家
北割下水
十間川
本所
法恩寺橋
竹村家
南割下水
柳原土手
両国橋
横川
金的銀的
今津屋
薬研堀
竪川
鰻処宮戸川
大川
六間堀
若狭屋
猿子橋
小名木川
新大橋
鎧ノ渡し
深川
金兵衛長屋
霊岸島
八丁堀
仙台堀
永代橋
永代寺
富岡八幡宮
佃島
越中島

護国寺
小石川
本郷
豊後関前藩
上屋敷
湯島天
牛込
神田川
神田明
佐々木道場
駿河台
神保小路
昌平橋
市谷八幡宮
内藤新宿
四谷
四谷御門
麹町
江戸城
平川天満宮
鍛冶橋御門
南町奉行所
数寄屋橋御門
溜池
原宿
愛宕権現
増上寺
芝
渋谷

本書は『居眠り磐音　江戸双紙　朝虹ノ島』（二〇〇四年九月　双葉文庫刊）に
著者が加筆修正した「決定版」です。

編集協力　澤島優子
地図制作　木村弥世
DTP制作　ジェイ　エスキューブ

朝虹ノ島

居眠り磐音（十）決定版

第一章　泉養寺夏木立

一

安永《あんえい》四年（一七七五）五月下旬。

長雨が続いた後、江戸に炎暑が戻ってきた。

じめじめした気分を一掃するような猛暑で、通りにも水面にもめらめらと陽炎《かげろう》が立ち昇っていた。

江戸の人々もさすがに暑さにげんなりして、食欲を失った。

ために宮戸《みやと》川《がわ》の客足が急に減った。

こってりした鰻《うなぎ》の蒲焼《かばやき》よりも、喉《のど》のとおりがいい蕎麦《そば》や素麵《そうめん》というわけだ。

その朝、磐音《いわね》の鰻割《さ》きの仕事も早めに終わった。客足に合わせて鰻の仕度を手控えたせいだ。

いつものように朝餉《あさげ》を馳走《ちそう》になった頃、小僧の幸吉《こうきち》が、

「このお天道様《てんと》の様子じゃ、親方の団扇《うちわ》がなくとも浪人さんの蒲焼ができるよ。日陰を通って長屋に帰るんだよ」

と真剣に心配したほどだ。

「そういたそう」

磬音は菅笠《すげがさ》を目深に被《かぶ》って六間堀沿いの薄い日陰を伝った。

四つ（午前十時）過ぎだというのに堀の水が沸き返っているようだ。往来する荷足舟《にたり》の船頭の首筋に玉の汗が流れていた。

磬音はふと思い出した。

神明社地泉養寺の境内《けいだい》に杉の古木があったはずだ。

泉養寺の境内で、まだ鰻捕りだった頃の幸吉と度々会っていた。だが、山門を潜《くぐ》った辺りか、本堂前で会ったので、老木のある裏庭を訪ねたことがない。

神明社地は摂津《せっつ》の深川八郎右衛門《ふかがわはちろうえもん》が開拓する前から小さな祠《ほこら》があった場所で、慶長《けいちょう》元年（一五九六）に深川界隈《かいわい》の鎮守として勧請《かんじょう》されていた。いわば深川の臍《へそ》のような土地で、古木も深川が開発される以前からあったものだ。

磐音はそのことに思い至って泉養寺の山門を潜った。

本堂にお参りして白鶴太夫《はっかく》の息災を祈り、本堂の裏手に回った。

するときらきらと白く輝いていた光が、
すうっ
と薄れて、深山幽谷に分け入ったような気持ちにさせられた。

水音に汗が引き、五体に涼風が吹き抜けたようだった。

おおっ
磐音は、深川がこの地に誕生したときから根を下ろしているような古杉の佇《たたず》まいに思わず嘆声を上げた。

根回りは大人が十数人も両手を回したほどである。

長い年月が降り積もったかのように節くれだった幹は、堂々として、荘厳と神秘に包まれていた。そして、不思議なことに、齢《よわい》を重ねた古木はどこか生まれての赤ん坊のような佇まいを醸《かも》し出していた。

それは日々老木が再生し、蘇《よみがえ》っていることを意味していた。

地表から二十余尺のところで二つに分かれた大木は天を衝《つ》くように伸び、幹が分岐した辺りに注連縄《しめなわ》が張り回されていた。

この杉のかたわらから湧《わ》き水が流れ出て涼やかな音を響かせていた。

磐音は備前包平《びぜんかねひら》を抜き、菅笠と草履《ぞうり》を脱いだ。

巨木の前に胡坐《あぐら》をかいて瞑想《めいそう》した。

坂崎《さかざき》磐音は豊後《ぶんご》関前《せきまえ》藩の神伝《しんでん》一刀流の中戸《なかと》信継《のぶつぐ》に剣の手解きを受け、さらに江戸に出て、神保小路《じんぼうこうじ》の直心影《じきしんかげ》流佐々木《ささき》玲圓《れいえん》門下に入り、修行を重ねた。

その折り、玲圓は直心影流の名の由来を、

「直《じき》はなおと訓じ、直き者は生きるが如《ごと》しという事、直則《すなわち》正を得る。是れ自然の天理なり。心則神《しんそくしん》なり。直《ちょく》は指《さす》の意なり。屈伸千変万化、一心より出でて一心に帰る。之に因《よ》り一円相《いちえんそう》を以《もっ》て形の始めとす。天地万物同体にして、環の端なきが如く、巡々して始めと終わりを知らず。いかに外より窺《うかが》う者あらんや。直心と置きて固有の神明とさす。影は日月の光り天地充満して、直ちに万形に応ずる事正しく速やかなるが深意なり。

直心の徳に至らん事、言語筆端の以て及ぶ処に非ず。二六時中、業体百練、工夫鍛錬し、志を武恩に報ぜば、期せずして其の妙自ら得べしとやいう」

という考えに発すると教えた。

磐音は直心影流の流号の意義を、

「固定した観念を捨て、心身柔軟であれ、常に稽古《けいこ》を忘れず創意工夫せよ」

と理解した。

一つの観念に達すると技は進歩を止める。

また直心影流は極意を、

「理、業、技の伝授の三位一体が不可欠」

と諭《さと》す。

磐音の最初の師中戸信継は、

「磐音の構えは、春先の縁側で日向《ひなた》ぼっこをしている年寄り猫のようじゃ。眠っているのか起きているのか、まるで手応《てごた》えがない。こちらもつい手を出すのを忘れてしまう。居眠り磐音の居眠り剣法じゃな」

と評した。

磐音は江戸に出て、佐々木道場の猛稽古で、

「待ちの居眠り剣法」

に直心影流の心構えを加えて工夫を凝らした。

ゆったりとした動作でかたわらの包平を手に立ち上がった磐音は、二尺七寸

（八十二センチ）の長剣を腰に戻した。

両の足を開いて腰を沈め、神木に向かって、八相、一刀両断、右転左転、長短一味、龍尾、面影、鉄破、松風、早船と直心影流の形を丹念になぞっていった。

一瞬の時が流れたようであった。

磐音の脳裏から炎暑が消えていた。

元の姿勢に戻り、包平を納刀したとき、磐音の胸に再び涼風が吹き抜けていた。

だが、五体にはじっとりと汗を搔《か》いていた。

老木に向かって跪《き》拝《はい》した磐音は湧き水で顔と手足を洗った。そして、清々《すがすが》しい気分で泉養寺の山門を出た。

相変わらず深川一帯に炎熱が舞い落ちていた。

六間堀を渡り、金兵衛《きんべえ》長屋の木戸口を潜った。どこの長屋も戸を開け放ち、ぐったりとして死んだように暑さが通り過ぎるのを待っていた。

「遅うございましたな」

うんざりした声が背にした。

磐音が振り向くと大家の金兵衛が顔を覗《のぞ》かせていた。さすがにこの暑さだ、どてらの金兵衛も真新しい浴衣《ゆかた》一枚だ。

「泉養寺の神木を見て参りました」

「この暑い最中に妙なことを考えられたな。もっとも、あそこは涼しいかもしれないな」

「神韻縹渺《しんいんひょうびょう》として冷気を感じました」

「あそこは餓鬼《がき》の頃の遊び場の一つでな、千年杉だの八郎右衛門杉だのと呼ばれておったな」

「さような呼び名があるのですか」

「齢千年は重ねているということだが、はてどうかな」

と言った金兵衛が、

「千年杉から滋養を得てなによりだ。ところで、書状が届いてますよ」

と家の中に誘《いざな》った。

独り暮らしの金兵衛だが、この界隈の四軒の長屋を差配してのんびり暮らしている。

その上、江戸の両替商六百軒の筆頭、両替屋行司《ぎょうじ》を務める今津屋《いまづや》の奥向きを仕切る娘のおこんがなにやかやと気を遣うので、悠々たる暮らしぶりだ。

屋内もきっちりと片付き、小さな庭の軒には釣忍《つりしのぶ》が下がり、風鈴が涼やかな音を響かせていた。

「書状とはどちらからにござろうか」

「国許《くにもと》からですよ」

磬音は父の正睦《まさよし》からかと考えた。だが、それは早とちりで、義弟の井筒源太郎《いづつげんたろう》からであった。

磬音は縁側に座すと分厚い書状を開いた。

〈義兄上《あにうえ》様　江戸でお別れして早二月《ふたつき》が過ぎようとしております。豊後関前城下は際立った変化もなく、江戸からの借上げ弁才船正徳丸《べざいせんしょうとくまる》の荷が藩中領民を驚かせ、これほど多彩な品は関前藩始まって以来と驚きの目で迎えられております。

藩物産所総出で木綿《もめん》反物、木綿仕立て、太物《ふともの》、浴衣地、糸、雑貨多数、古着各種が湊《みなと》船着場に陸揚げされた光景は壮観の一言、城下の商人《あきんど》衆、領民などが大勢押しかけて品定めする様は、まるで関前神社の大祭の如き光景に御座いました。

即日、われらはこれらの品々を城下の商人に委託する分、海産物と物々交換致すものなどに大別致し、交渉に入ろうとした矢先、十数日遅れにて藩物産所組《くみ》頭中居《がしらなかい》半蔵《はんぞう》様も帰郷なされて商いの陣頭指揮に立たれました。そのせいで商いは一段と迅速にことが運びまして御座います。

その結果を申し上げます。

今津屋様から委託された奥州《おうしゅう》屋の新物、城下の御用商人五人が寄合《よりあい》を結成し、城下で卸すものと隣国領にて販売するものに細かく分類、ほぼ完売の目処《めど》が立ちました。

中居様と内々に計算せし処、およそ五百余両の売上げが見込まれて御座います。今津屋様と四分六の割合で利を分かっても藩物産所に二百両ほどの入金が見込まれる予定に御座います。

さらに海産物との物々交換の古着を考えますと、次なる買い入れ値が少なくて済む勘定、その分、利として組み入れることができます。こちらの額はおよそ四、五十両かと推測致します。

中居半蔵様がご家老に報告なされし処、初回の交易としては上々の滑り出しとのお褒《ほ》めを頂いたそうに御座います。ですが、中居様、こたびの商い、今津屋の力及び坂崎磐音の人徳に負う所大なり。関前藩物産所自ら開拓した商いに非ず。われら今一度褌《ふんどし》を締め直して物産の質向上と集荷に当たるべしと、改めて叱咤《しった》激励なされました。

ともあれ、近々の内に義兄上のもとに別府伝之丈《べっぷでんのじょう》、結城秦之助《ゆうきしんのすけ》の両名が参上してさらなる詳細を報告なさんと思いますが、まずは正徳丸の荷についてお知らせ申し上げます。

さて、気に掛かる一条は、家老、義父上《ちちうえ》正睦様の件に御座います。御用繁多が続き、心身ともに疲労が蓄積しておられるようにお見受け致します。このこと、伊代《いよ》も心痛致しております。ですが、少しご休息をと願っても、藩再建は未だ緒に就いたばかり、ここで気を緩《ゆる》めるわけにはいかぬと仰《おお》せられて、聞き入れようとはなされませぬ。

坂崎家の当主にして関前藩の大黒柱、なんとしても御身堅固《けんご》であられるよう、伊代とともに神仏頼みの毎日に御座います。

江戸にて多忙なる義兄上には恐縮至極に存じますが、義父上様へのご忠告の書状願い上げます。

伊代は江戸での義兄上の話に目を輝かせて聞き入り、さすがはわが兄上と胸を張っております。一方で長屋住まいを続けられる暮らしぶりに、なんとか帰藩が叶《かな》わぬものかとの不満の言葉を洩《も》らしてもおります。

それがし、すでに義兄上の破天荒の日常を承知しております。また幕府や三百諸侯の内所《ないしょ》をぎゅっと摑《つか》んで左右される豪商方の力も垣間見まして、武から商の時代へ変わったことを実感致しました。かような時代、武と商の狭間に生きておられる義兄上には、改めて大いなる敬意を抱きまして御座います。

もはや義兄上の頭には帰藩などという考えは御座いますまい。豊後関前一藩を相手にするお気持ちなど毛頭ないとお見受け致しました。江戸を舞台にした活動をお考えと勝手に推測致しました。

それがしの考え、江戸から二百六十余里も離れた関前ではなかなか理解し難いことに御座いましょう。

義兄上、どうか御身大切にお過ごしの事、関前城下より祈念致しております。

ご家老の一件、義兄上のお力を以てお諫《いさ》め下さるよう重ねて申し上げ、筆を擱《お》くことと致します　井筒源太郎拝〉

磐音は義弟から来た書状を二度読み返し、父の正睦の健康を案じた。

そして、井筒源太郎は磐音を買いかぶりすぎておると、心中苦笑いした。

磐音は白鶴太夫こと奈緒《なお》の身を陰ながら守って生きていくだけなのだ。

「なんぞよからぬ報せですか」

金兵衛が盆を抱えて磐音の前に座りながら訊いた。

盆には大鉢《おおばち》に涼しげな素麵が泳ぎ、汁の入った小鉢やら薬味を載せた小皿があった。

「義弟と妹が父上の体を案じておりますので」

磐音は事情を説明した。

「藩の命運を一身に背負っておられる様子、心労で疲れが溜《た》まっておられるのですな。それは心配なことです」

と金兵衛がしばし何事か考えた。

「この素麺、大家どのが茹《ゆ》でられましたか」

「女房が死んでだいぶ経《た》つし、おこんが今津屋に奉公した後は三度三度の食事くらい自分でやってきたんで、素麺を茹でるくらいなんでもない。だが……」

と言葉を切った金兵衛は、

「一人で食してもうまくもなんともない。どうです、つき合ってくれませんか」

と言った。

「なんとも美味《おい》しそうですね。いただきます」

「今津屋さんのお裾《すそ》分《わ》けだとおこんが持参したものだ。なんでも阿波《あわ》だか讃岐《さぬき》の素麺だそうだ」

二人は小鉢に刻み葱《ねぎ》やら七味を垂らして大鉢の素麺に箸《はし》を付けた。

「金兵衛どの、これは美味です」

宮戸川で遅い朝餉を馳走になったにもかかわらず、千年杉の前で体を動かして腹が空《す》いていた。

磐音はするすると素麵を啜《すす》り込んだ。

「美味しい、美味しゅうございますな」

磐音は赤子のような表情で素麵を賞味することに専念した。

一口箸を付けただけの金兵衛が呆《あき》れたように磐音の健啖《けんたん》ぶりを眺めていた。それでも磐音の美味しそうに食べる様子に刺激を受けたか、いつもの倍ほど箸を動かした。

「おや、大家どのは素麵がお嫌いですか」

「嫌いではないが、この暑さではそうそう食も進みません。それでも一人で食べるときの倍は食べた。残りは坂崎さんがお食べなされ」

「よろしいので」

「若いとはかようなことですかな、久しくもりもり食べるお方を忘れておりました」

金兵衛が箸を置き、磐音が大鉢の残りの素麵を悠然と平らげた。

「そういえば、おこんからの言伝《ことづて》があったな。お暇なら、一度今津屋に顔を出してくださいとか」

「なら夕方にも顔を出すとしよう。大家どの、なんぞおこんさんに持参するものはござらぬか」

と訊かれてしばし思案した金兵衛が、

「あいつのおっ母さんの命日がそろそろやってくるな」

と呟《つぶや》いた。

「女房が死んだ日もこんなふうに暑い夏だったな」

金兵衛は追憶の表情を見せた。

「承知しました」

磐音は金兵衛の家を出ると、路地を挟《はさ》んだ木戸を改めて潜った。

昼下がり、長屋は森閑としてだれ一人いないように静かだった。だが、よく耳を澄ますと、息を凝らしてひたすら時が過ぎるのを待っている住人たちがいた。

「なんて暑さだい」

井戸端で、左官の常次《つねじ》の女房おしまが孝太郎《こうたろう》を盥《たらい》で水浴びさせていた。狭い井戸端の一角に椿《つばき》の木が生えていて、その日陰に二人はいた。

「孝坊は水浴びか、極楽じゃな」

「坊主はいいが、こっちは地獄だよ」

よく見ればおしまの上半身は薄い肌着一枚で、その上に濡《ぬ》れ手拭《てぬぐ》いをかけていた。

幼い足が溝板《どぶいた》を踏む音がして、水飴《みずあめ》売りの五作《ごさく》とおたねの娘、おかやが走ってきた。

孝太郎が水浴びしていると聞いて我慢できなかったようだ。あとからおたねも姿を見せて、

「こう暑くちゃあ、昼寝もできやしないよ」

とぼやいた。

磐音は大小を長屋に置くと井戸端に戻った。すると通いの植木職人徳三《とくぞう》の女房おいちも加わって、長屋じゅうの盥に水を張り、大人も子供も足を浸したり、顔を洗ったりしながら、時が過ぎるのを待った。

磐音も手拭いを濡らして頭に載せ、涼をとった。

「暑いねえ」

「ほんとに、なんて暑さだろうねえ」

女たちが言い合い、磐音が、

「ご亭主方はこの暑さの中で働いておられる。辛抱するしかあるまい」

と諌めた。

「そうは言うけど、浪人さんは暑くないのかえ」

おしまがぐったりとした顔を向けた。

「暑うござる。心頭滅却すれば火もまた涼し、と申されたのはどなたであったかな。だが凡人はなかなかその悟りの境地には到達できぬ」

「なんだい、そのお経の文句みたいなのは。暑いときは暑いと思うのがいちばんだよ」

おたねがぼやき、金兵衛長屋の住人たちは井戸端で時の過ぎるのを待った。

二

暮れ六つ（午後六時）頃、ようやく大川から本所深川界隈に涼風が吹き上げ始めた。

磐音は単衣《ひとえ》の着流しに大小を落とし差しにして、東広小路から両国橋に向かった。

夕涼みの刻限になって息を吹き返した広小路は、いつにもまして人出で込み合っていた。

日中外に出られなかったお店《たな》の手代たちが掛取りに走り回り、見世物小屋の前では呼び込みが必死で声を張り上げていた。

「おや、坂崎さん、橋を渡って、おこんさんのもとへお通いですかい」

と冗談を言いかけたのは楊弓場《ようきゅうば》「金的銀的《きんてきぎんてき》」の主《あるじ》の朝次《あさじ》だ。

「牛車《ぎっしゃ》はないが、深草の少将のお出ましにござる」

「おやおや、近頃は冗談を返しなさいますか。それだけ深川暮らしが染み付いたというわけだ」

「この暑さゆえ、軽口の一つも言わねば身がもたぬ」

「まったくだ。日中なんぞこの広小路から人が消えた。大川の水も干上がっちまうかと思いましたぜ」

「親方、宮戸川もこの暑さで客が減っておる。なんぞ稼ぎ仕事をせねば、大川の水が干上がる前にこちらの顎《あご》が干上がることになる。なんぞ日雇い仕事はござらぬか」

「おや、それは大変だ」

と答えた朝次が首を捻《ひね》り、

「なんとか考えておきましょう。今津屋さんからの戻りに店にお寄りくだせえ」

と言った。

「有難い」

磐音は勇躍、両国橋を渡った。

橋の上も両国西広小路も凄《すご》い人出だ。

磐音は涼を求めて出てきた人の群れを搔き分け、米沢町の角に店を構える今津屋の前に立った。すると小僧の宮松《みやまつ》がげんなりした顔をして、箒《ほうき》を手に佇んでいた。

「宮松どの、どうしたな」

「掃除をしようにもこの人の波ではできませんよ」

「ようやく夕風が吹き始めたのだ。仕方あるまい」

と磐音が言うところへ、勝手女中のおきよが襷《たすき》がけも勇ましく桶《おけ》と柄杓《ひしゃく》を提げて走り出てきた。

「坂崎様、お暑うございます」

と挨拶《あいさつ》したおきよは、
「宮松どん、ぼうっと突っ立ってたって埒《らち》は明かないよ。いいかい、こんなときはこうするだ」
と桶に柄杓を突っ込み、
「ごめんなさいよ。涼しくなるように店前に打ち水をしますでな、どなたもごめんなさいよ」
と言いながら、
さあっ
と水を撒《ま》いた。だが、通りがかりの人の裾にかからない程度に加減されていた。
それでも仕事帰りの職人が、
「なんでえ、この人込みだぜ。掃除なんぞ後でするがいいや」
とぼやきながらも打ち水を避けて、人の波が店の前から引いた。
すかさずおきよが、
ぱっぱっ
と手際よく水を撒いていった。店先に涼が漂い、
「宮松どん、ぼうっとしてねえで、この間に掃かねえか」

とおきよが怒鳴った。

「さすがに年季でござるな。呼吸がよい」

磐音が感心して、宮松が慌《あわ》てて箒を動かし始めた。店から姿を見せた老分《ろうぶん》番頭の由蔵《よしぞう》の顔もげんなりしていた。

「坂崎様、本日はことのほか暑うございましたな」

「いやはや、凄い陽射《ひざ》しでございました。老分どのにはお変わりござらぬか」

「お変わりもなにも、この暑さで商いもままなりませぬ。店の仕舞いどきにお客様が押しかけてえらい騒ぎです」

「宮戸川では鰻の売れ行きが落ちて、鰻割きも上がったりです」

「鰻を食す人が少ないのですか。なにしろこの暑さですからな」

と答えた由蔵がはたと、

「鰻は滋養があるのですから、この暑さにこそ売れて然るべきです。鉄五郎《てつごろう》親方もなんぞ手を考えねばなりませぬな」

土用に鰻を食べると精がつくと蜀山人《しょくさんじん》（大田南畝《おおたなんぽ》）が鰻屋の宣伝にこれ努め、人が暑さ封じに鰻を競って食するようになるのはずっと後年のことである。

由蔵はいささか隈《くま》の浮き出た顔を西広小路の人波に向け、

「よう死にもせず生きておられるものよ」

と呟き、まあ、中へお入りなさいと店に招じ入れた。

「おこんさんの言伝を金兵衛どのからお聞きしました」

「なあに、急ぎの用ではございません。旦那《だんな》様が、坂崎様のお顔をしばらく見ていないと言われましてな」

と言いかける由蔵に、

「あまりの暑さに大切な用事を忘れておりました。過日、こちらのお世話で船積みした奥州屋の荷の件で、本日、国許より知らせが参りました。荷はほぼ捌《さば》ける目処が立ったとのことです」

「それはようございました」

台所に磐音を案内しようとした由蔵は、店の大勢の奉公人と客を見回せる帳場格子《ごうし》に向きを変えた。そこが今津屋の頭脳にして本陣、老分の定席だ。

由蔵が格子の中に入り、磐音は外に座った。

一時、磐音は今津屋の後見として、帳場格子の中で由蔵と肩を並べて仕事をしたことがあった。そのせいで、

「後見、ご苦労にございますな」

と支配人の和七《わしち》から今も挨拶されていた。

「和七どのもお変わりなく、なによりです」

と顔を合わせた奉公人たちに挨拶を返した磐音は、由蔵に視線を戻した。

「藩の物産所は城下の商人五人を選び、件《くだん》の品の売り捌きを委託したそうです。そのこともあって関前の周辺の他領へ手を回せたこともあり、予想よりも早く売れる目処が立ち、およそ五百両の売り上げになろうと知らせてきました」

「ほう、関前藩もなかなか商売上手になられましたな」

と由蔵が笑みを浮かべた。

「中居半蔵様が正徳丸の後を追って陸路国許に戻られ、陣頭指揮されたのが大きゅうございます」

「中居様も国許に到着なさいましたか。ともかく正徳丸を空荷で国許に帰すのと荷を積んで帰すのとではえらい違いです。費《つい》えだけかかるのと、いくらかでも利が出るのとでは雲泥の差です」

「古着も海産物との物々交換が決まったと知らせて参りました。まずはほっとしました」

「おめでとうございます。これも偏《ひとえ》に坂崎様が江戸で苦労された報いですぞ」

「文にも認《したた》めてございました。こたびの商いは今津屋どのの助けがあってのことと中居様が藩物産所一同の気を引き締められたそうで、さらにこの次はわれらの力で商いをいたすぞと叱咤激励されたそうです」

「中居様らしい張り切りぶりにございますな」

「ともあれ、近々江戸屋敷から正式に売り上げを知らせて参ると思いますが、今津屋どのの取り分六分は為替《かわせ》で送らせましょうか」

「四百七十両の貸し金が百両にもならぬと大赤字を覚悟していたところです。それが三百金になったとなると坂崎様に委託してようございました。うちの取り分は、関前で集金が終わってからでようございますよ」

と鷹揚《おうよう》に承知した。

「しかしながら、うまい具合に奥州屋のような品物が転がっているとは限りません。次の戻り船の荷を工夫しなければいけませんな」

「中居様もそのことを気にして江戸を発《た》たれました」

「私もちと思案しますかな」

店仕舞いの刻限がいよいよ近付き、帳場格子の前には奉公人たちが帳簿を抱えて並んだ。

「それがしはおこんさんに挨拶して参ります」

磐音は店を離れて台所に行った。

広々とした台所では女衆《おんなし》が夕餉《ゆうげ》の仕度に追われていた。

おこんが板の間に立ち、奥の夕餉の膳《ぜん》についておきよと話し合っていた。

「あら、坂崎さん、深川は変わりない」

「金兵衛どのは食欲をなくされているようで、昼餉《ひるげ》は素麺の相伴《しょうばん》に与《あずか》った」

「坂崎さんが手本を見せれば、お父っつぁんもつられて食べたでしょうね」

「いつもより食べたと申されていたが、まだまだ食が細いな」

「坂崎さんと一緒になるものですか」

と苦笑いしたおこんは、それでも父親の金兵衛が素麺を食べたと聞き、ほっと安堵《あんど》の表情を浮かべた。

「金兵衛どのが、母御の命日も近いと言うておられた」

「おっ母さんの命日か」

としばし考えに落ちたおこんがひとり頷《うなず》き、

「旦那様が暑気払いにお酒を召し上がりたいとおっしゃっているの。あとで老分さんも加わると思うけど、しばらくお相手をしていて」

と言った。

そのおこんに案内されて磐音は奥に通った。

奥庭では泉水に流れ落ちる湧き水の音が響き、周りに紫色の菖蒲《あやめ》の花が咲いていた。

吉右衛門《きちえもん》は磐音を見ると、

「早速のお越し、申し訳ございませんな」

と言いかけ、

「今年は妙な夏です。猛暑と菖蒲の時期が重なった」

「そのせいか宮戸川の鰻が売れません」

「おや、それは大変だ」

「親方は一時《いっとき》のことだろうと肚《はら》を括《くく》っておられます」

「それは好都合かな」

と吉右衛門が奇妙にも独り言を呟き、おこんが、

「旦那様、膳を運んでようございますか」

と訊いた。

「夕暮れも訪れて、坂崎様もおいでだ。偶《たま》には暑気払いの酒もよいでしょう。お

付き合いください」

おこんが行灯《あんどん》の灯りに火を入れて台所に下がった。

泉水を伝う風が座敷に清涼をもたらした。

「なんぞ御用がございますので」

「いえ、急ぐ用ではありません。のちほど老分さんが参ったときにご相談申し上げましょう」

磐音は頷くと国許からの書状の一件を告げた。

「ほうほう、えらくまた手際がよいことで。老分さんも喜んでおりましょう」

吉右衛門が笑った。

江戸六百軒の両替商筆頭の今津屋では、店の商いは老分番頭の由蔵が取り仕切り、旦那の吉右衛門が口を挟むことはまずない。いつもは大所高所から見ているだけで、商いの大半は由蔵に任されていた。

一方、吉右衛門は両替屋行司の重職とあって、監督官庁の町奉行所の応対やら仲間の相談事、また上方との金銀相場の相談に追われていた。

由蔵の店商いと吉右衛門の外仕事は今津屋の両輪のような存在であったのだ。

だが、今日は暑さのせいで吉右衛門も外出を控えたようだ。

おこんが台所の若い女中を伴い、膳を運んできた。

「魚勝が鶏魚《いさき》の活きのよいのを持って参りました。塩焼きにしてございますので、酢橘《すだち》で召し上がってくださいませ」

おこんは女たちに命じて膳を三つ配置させ、自らは、

「暑さがまだ残っていますので冷酒《ひやざけ》にしました」

と江戸切子《きりこ》の酒器に入れた冷酒を膳のかたわらに置くと、これも江戸切子の杯を二人に差し出した。

若い女中が主と客に目礼して去った。

「これは涼しげですな」

おこんに酌をされて、吉右衛門と磐音は冷酒に口を付けた。

冷酒の芳香が口中に広がり、喉を落ちるとき、五臓六腑《ごぞうろっぷ》に染み渡った。

「おこんさん、生き返るようです」

磐音は思わず洩らし、この暑さにさらに疲労が蓄積するであろう父の身を案じた。その顔色をおこんが敏感に読んで、訊いた。

「なにか心配事でもあるの」

「おこんさんは他人の胸の中まで読まれるようだ」

と答えた磐音は、父正睦の体を案じる義弟井筒源太郎からの書状の内容を掻い摘《つま》んで話した。

「それはご心配にございますな。豊後関前藩六万石の藩政改革に腐心なされて、疲れが溜まっておられるのでございましょう。坂崎様のお父上が倒れられますと、財政再建も前途多難になりますし、またぞろよからぬ考えの輩《やから》が現れましょう」

「旦那様、そのためにもお元気でいてもらわなければなりませんね」

「そのことそのこと」

と応じた吉右衛門がおこんに、

「おこん、明日にでも薬種問屋の唐人屋を訪ねて、精のつく高麗人参《こうらいにんじん》を購《あがな》ってきなさい」

と命じた。

「はい。ですが、もう一人、疲れ気味のお方がおられます」

「そうそう、うちの大番頭どのに倒れられても困りますな」

おこんが吉右衛門に酌をしたとき、由蔵が、帳簿を抱えさせた振場役《ふりばやく》の新三郎《しんざぶろう》を従えて奥座敷に姿を見せた。

「老分さん、なんぞ難題がありましたか」

「いえ、旦那様、それはございませぬ」

「老分さんがそう言われるなら、帳簿に目を通すのは明朝にいたしましょうかな。つい待ちきれず始めておりますからな」

「承知しました」

由蔵が新三郎を店に戻し、自分はその場に残った。

夕暮れを楽しみにしていた様子の由蔵だ。

おこんが由蔵に酌をしながら、

「老分さんにも明日から高麗人参を煎《せん》じて飲んでいただきますよ」

と言った。

「おこんさん、私が高麗人参を飲むのですか」

「この夏は一際《ひときわ》暑さが厳しいので、坂崎様のお父上にお送りする高麗人参を唐人屋に買いに参ります。老分さんの分も購って参りますよ」

「私のことは私が一番承知してますよ。百薬の長はこれにございます」

器に注《つ》がれた冷酒を由蔵が飲み干し、

「甘露に勝る薬はありませんよ」

「おこんの申すことは主の命ですぞ。坂崎様のお父上も老分さんも掛け替えのない方ですからな、体には精々気を付けていただきます」

と吉右衛門が言い、

「これは困った」

と由蔵が当惑の顔をした。

「老分さんは薬と蛇が大敵なの」

おこんが笑った。

今津屋の主従は、商いを念頭から一時だけ振り払い、夕暮れの涼を楽しんでいた。

「酔う前に御用をお聞きしておきたいのですが」

磐音が言い出した。

「旦那様、まだお話しではないので」

「老分さんが来られてからと思いましてな」

主の言葉に頷いた由蔵が、

「坂崎様、まだはっきりとしたことではございませぬ。それを承知してお聞きくださ い」

と前置きした。

「江戸城の石垣の一部が先の長雨で壊れまして、修理が美作《みまさか》国津山《つやま》城主の松平康《やす》哉《ちか》様に下されました。津山は五万石にございますが、三年前の安永元年（一七七二）に藩政改革に手を付けたばかり、なにかとご苦労が多うございます。この石垣普《ぶ》請《しん》は、津山の前主森様時代、江戸城建築の折りに担当なされた石垣が壊れたつながりでしてね、松平様には直接縁がないといえばない。この松平家と今津屋は元禄《げんろく》以来のお付き合いにございまして、相談を受けることになりました」

江戸城の修復ともなれば何万両もの費えを伴うだろう。藩政改革の最中となれば独力でできる話ではない。

「改易になった森家は豆州《ずしゅう》熱海《あたみ》界隈に関わりの石切場がございます。その関わりで、こたびもこちらから切り出すことになろうかと思います。そこで津山藩では重臣方が豆州に出向くことになりまして、旦那様にも熱海まで同道してくれぬかとの申し出にございます」

吉右衛門の同道は修築資金を願ってのことだろう。

「うちでも熱海の石切場を見ぬことには金子《きんす》の都合も付けられませぬ。そこで坂崎様にご同行願えないかと考えたのでございますよ」

由蔵の話を聞いた磐音は、

「松平家のご家中の方との道中に、浪々の身のそれがしが加わってよいものでございましょうか」

「旦那様が行くことになれば、別の道中になさるおつもりです」

「ならば差し障《さわ》りありますまい。それがしでお役に立つことであればなんなりとお命じくだされ」

「この一件はすぐには動きますまい。そのときはお願い申します」

と吉右衛門が言い添えて、その話は終わった。

というのも大名家が絡《から》む話、裏に隠された事情や機密が諸々あると推測されたからだ。

この宵、おこんの酌で三人の男たちは四方山《よもやま》話をしながら時を過ごした。

磐音が今津屋を出たのは五つ半（午後九時）の刻限だ。

三

大川を渡った両国東広小路は大勢の男女が往来していた。

どこの見世物小屋にも人だかりがして、露店の食べ物屋も賑《にぎ》わっていた。

昼間の暑さを忘れ、食欲を取り戻そうとする人々が旺盛《おうせい》に飲み食いしていた。

間口五間の楊弓場「金的銀的」もまだ店を開けていた。

大川端の東詰の水垢離場《みずごりば》のそばにあるので、川風が矢場の中を吹き抜けている。

微醺《びくん》を帯びた顔でと思ったが、夕暮れの約束もあり顔を出した。

「お見えになりましたか」

朝次が楊弓場から手招きした。

「いらっしゃい」

女将《おかみ》のおすえも煙草《たばこ》を吹かしながら磬音を迎えた。

島田髷《しまだまげ》に黄八丈《きはちじょう》をぞろりと着た矢返しの娘たちの何人かは顔見知りだ。その一人のおうめが、

「おや、金兵衛さんとこの浪人さんだ」

と叫んだ。

「元気にしておるか」

「日中は干上がった金魚みたいにぐったりしてますけどね、夜になるとなんとか元気を取り戻して稼いでます」

と笑った。

「それはなにより」

朝次が立ち上がり、おうめに、

「大力の親方を呼んできな」

と命じると磬音を水垢離場の石段に誘った。

楊弓場の中よりも断然水辺のほうが過ごしやすかった。

「この広小路に娘大力を売り物にしている見世物一家がありましてね、中でもおい、おちかの姉妹の技は売り物だ。米俵を五俵積んだ大八を差し上げたり、人ふたりを乗せた小舟を持ち上げたりする単純な芸だが、この姉妹が細身で美形ときている。力を入れたときに紅潮する顔立ちがいいとか、二の腕の力こぶがなんとも堪《たま》らないというので客が押しかけていた。それがさ、三、四日前から小屋を閉めている」

「たれぞ病にでもかかられたか」

「なら坂崎さんじゃなく医者を呼びますよ」

「それはそうじゃな」

と磬音が答えたところに、五尺くらいの男と娘がおうめに連れられて姿を見せた。

男の身丈は小さいが全身これ筋肉といった体付きだ。娘は十八くらいか、細身で白い肌をしていた。確かに整った顔立ちで、これなら客もつくと磐音は思った。

「おうめ、ありがとよ」

朝次の言葉に頷いたおうめが矢場に戻った。

「親方、先ほど話した坂崎さんだ。うちじゃあ、矢場荒らしの一件のときに世話になった。坂崎さんの腕前も人柄もこの朝次が承知だ。親方、おちかちゃんの一件、坂崎さんに正直に相談しちゃあ」

朝次が言う矢場荒らしとは、先年、女弓師のおかると隠居の風流亭円也《ふうりゅうていえんや》ら五人組が矢場で賭矢《かけや》を仕掛け、楊弓場から大金をかっさらっていく出来事が頻発した騒動だ。

楊弓場の矜持《きょうじ》を逆手にとった矢場荒らしに「金的銀的」でも戦々恐々としていた。

そこで朝次に磐音が用心棒として雇われることになり、矢場荒らしを待ち受け、なんとか騒ぎは解決した。だが、恨《うら》みに思ったおかるらに矢返しのおきねを殺されるという苦い経験をした。

「坂崎さん、大力一座の親方千太郎《せんたろう》さんと、姉娘のおしづちゃんだ」

磐音は親方の紹介に頭を下げた。すると疲れきった顔をした千太郎が未だ決心がつかぬふうに、

「どうしたものかねえ」

と呟いた。

「お父っつぁんたら、この期《ご》に及んでまだそんなことを言っているの。こちらが手を拱《こまね》いていればいるほど、手遅れになるというのが分からないの」

おしづがぴしりと父親を諫め、

「朝次親方、私が説明してようございますか」

と断った。

「舞台はきびきびしているが、普段の親方は煮え切らないからな。ここはおしづちゃんに頼もう」

細面の顔をこっくりさせたおしづが、

「浪人さん、私、おきねちゃんの一件も承知しているんです」

といった。

磐音はただ首肯《しゅこう》した。

「うちは一家で大力を売りものに暮らしてるんです。力技が芸の一座なんていくらもございます。うちに客が来るのは、私と妹のおちかの二人がこの細い体で大力を披露《ひろう》するからです。客の大半は男衆《おとこし》、力技に色気で売ってるんです」

おしづは、はきはきと正直に語った。

「でも、浪人さん、間違わないでね。色気といっても舞台の上の色気です。お客さんが、必死で芸をする私たちに感じるだけなんです。でも、演じている私たちは必死で、そんなこと分かりません」

おしづはそう言い訳し、

「二人芸ができなくなったんです」

「どういうことかな」

「おちかが十日も前から大力が出せなくなったんです」

「なんぞ曰《いわ》くでもあるのかな」

「この細い体で大力が出せるのは、それはそれは厳しい修業とそれなりのこつ、技があるからです。もっと大事なことは、一心不乱に集中することなんです。おちかはこの十何日前から気を欠いて、失敗《しくじ》ってばかりいました。最初のうちこそお客さんもおちかの失敗りを笑って許してくれましたが、ああ度重なると……」

おしづは言葉を切った。

「それもこれもあの若侍のせいだ！」

と千太郎が叫んだ。

「若衆姿の侍が私たちの芸を見物に通うようになった頃から、おちかが力を出せなくなったんです。おちかはこの若衆に惚《ほ》れて、恥じらいを見せるようになっちまった。舞台で芸人がいい格好しようとか、しなを作るようでは大力なんて出せません」

「おちかどのは恋に落ちた。それがしくじりの因《もと》というわけだな」

磐音の問いにおしづが頷き、

「お父っつぁんも私も妹を叱《しか》りつけました。だけど、いったん乱れた気は早々には元には戻りません。五日前のことです、見世物を終わった後、妹が突然姿を消しました。私たちが広小路をあちらこちらと訊いて回ると、おちかが若衆と一緒にいるのを見たという人が何人も現れました。そして、一ッ目之橋付近から猪牙《ちょき》舟に乗って二ッ目之橋の方角に行くのを最後に行方《ゆくえ》を絶ったのです」

「その時も二人連れだな」

「はい。若衆と一緒だったそうです」

「その後、おちかどのはそなた方のもとに戻ってこないのだな」

おしづは首を縦に振った。

「売り物の二人芸が一人欠けては客足も落ちます。変な評判が立つ前にとお父っつぁんが肚を決めて、小屋を閉めました。それに……」

「……どうなされたな」

「おちかはうちのなけなしの金子十二両二分を持ち出しているんです。おちかは一家を困らすようなことは金輪際しません。きっとあいつに唆《そそのか》されて持ち出したのです」

磐音は朝次を見た。

おちかが若衆に恋心を抱き、誘われるままに一家を離れたようだ。

「坂崎さん、女と男が惚れ合って手に手をとり道行きしたというのなら、だれも手が出せねえ。千太郎親方には悪いが諦《あきら》めてもらうしかない」

朝次が言い、磐音も頷く。

「だがね、この若衆についちゃあ、悪い噂《うわさ》も飛んでいる。こいつは客席から女を蕩《とろ》かすほどの眼力の上に美形だそうだ。こいつが東と西の両国広小路に姿を見せるようになったのは、この正月過ぎからだ。曲芸、手踊り、手妻《てづま》、軽業、水芸、なんでも売れっ子の娘に目をつけて通うようになる。そのうち忽然《こつぜん》と娘が姿を消す。そんな出来事がこの東広小路で三、四件続いているのさ。坂崎さん、これまではっきりと、若衆と消えた娘とを結び付けられなかった……」

「それがおちかどのの一件で結び付いたというわけですか」

「そういうことでさ」

朝次が話を締め括るように言った。

「親方、町方に相談なされたか」

「いやね、坂崎さんに相談とはそこだ。おちかちゃんは客商売だ、若衆に誘われて身を隠したなんて評判が立つと、いくらおちかちゃんが舞台に戻っても、千太郎一座の客足は半分に落ちることも考えられる」

「いや、潰《つぶ》れちまわあ」

千太郎が叫んだ。

「千太郎親方は、お上に願わずにそっとおちかちゃんを連れ戻してほしいというのさ」

朝次の言葉に千太郎が続いた。

「うちじゃあ、ようよう暮らしを立てているんだ。そいつをあっさりと壊されてたまるか」

「相分かった」

と答えた磐音は、

「親方、おちかどのの行方を探せとそれがしに申されるのだな」

「そう、内々におちかちゃんを広小路に連れ戻してほしいんですよ」

と言葉を切った朝次は、

「坂崎さんには申し訳ねえが、報酬はたくさんは払えねえ。日当二百文、おちかを無事連れ戻して一両という話で請《う》けてくれませんか」

すでに日当や報酬まで決まっていた。

「朝次親方の口利《くちき》きだ。五日に限り働いてみよう。だが、おちかどのを確実に探し出せるとは保証できぬが」

「それは困る」

と千太郎が叫び、おしづが、

「お父っつぁん、こうなったら浪人さんにお願いするしか手はないのよ」

と父親を宥《なだ》め、

「浪人さん、まともな給金も出せずにすみません」

と磐音に謝った。

「おしづどの、おちかどのに妙な評判が立たぬよう努力するゆえ、探索の方策はそれがしに任せてくれぬか」

「お願いします」

おしづが頭を下げて契約が成った。

翌日、宮戸川の仕事帰り、横川に架《か》かる法恩寺橋際に暖簾《のれん》を下げる地蔵蕎麦を訪ねた。

この蕎麦屋の主は、南町奉行所の御用を務める竹蔵《たけぞう》親分だ。

地蔵蕎麦を訪ねたのはむろん、おちかの一件を内々に相談するためだ。

磐音は、若衆がおちかばかりでなく、何人もの女芸人を連れ出したという一条に拘《こだわ》っていた。

話を聞いた当初は若い娘の恋心を弄《もてあそ》ぶ女誑《たら》しかと思った。だが、何人も娘芸人が姿を消した上に戻っていない以上、なにか裏がありそうだと考え直したのだ。となると餅《もち》は餅屋、十手持ちの力を借りたほうが早い。

「おや、かような刻限にどうなさいました」

この日も朝からじりじりとして、焼けるような陽射しが本所界隈に落ちていた。釜場《かまば》の前で火加減を見る竹蔵の顔からは大粒の汗が流れている。

「親分にちと相談があってな」

「御用ですかい」

竹蔵は弟子の一人を呼んで釜場を任せると、居間に磐音を招じ上げた。おかみさんが、

「坂崎様、お暑うございますね」

と麦茶を出してくれた。

「鰻は腹にもたれるとかで客足が落ちています。親分のところはいかがです」

「蕎麦だって一緒ですぜ。この暑さだ、食が落ちて当たり前でさあ」

麦茶を啜った磐音は大力おちかの行方《ゆくかた》知れずの一件を告げた。すると竹蔵の目が途中から真剣味を帯びて、熱心に聞き入った。

「坂崎様、こいつは男が娘芸人を誑し込んだなんて話とは違いますぜ」

「親分はすでにご承知か」

「曲独楽《きょくごま》の娘芸人の行方知れずの探索を内々に頼まれておりましてね、調べるには調べたがなんの手がかりもない。そこで若侍と娘曲独楽師は駆け落ちしたかと

考えていたところですよ。だが、こうなると話が違う」

と竹蔵が思案の腕組みをしたところに、南町奉行所定廻《じょうまわ》り同心木下一郎太《きのしたいちろうた》が姿を見せた。

「この前を通りかかったら、坂崎さんが竹蔵と話しているのが見えたものですから」

と居間に座り込んだ一郎太が磐音の顔を見て、

「それに笹塚《ささづか》様が、近頃金になる騒動がないとぼやいてばかりで、そのことが耳に残っていたものですからねえ」

と苦笑いした。

南町の与力同心を束ねる年番方与力《ねんばんかたよりき》の笹塚孫一《まごいち》は五尺そこそこの体に似合わず肚の据わった町方役人であった。

悪人らを引っ捕らえ、返す先不明の金子があった場合、その一部を幕府の勘定方に申告せず、探索費に組み入れて南町の成績を上げていた。

笹塚にしかできぬ荒業であった。

「旦那、笹塚様が涎《よだれ》を垂らすほどの騒ぎじゃありませんぜ」

と苦笑いした竹蔵は、磐音がもたらした大力おちかと曲独楽師の行方知れずの騒動を語った。

「なに、さような騒ぎが頻発しておったか」

「旦那、売れっ子の娘芸人ばかり狙《ねら》っているところを見ると、連れ出した娘を上方か田舎《いなか》回りの一座に売り捌いてますぜ」

「そんな見当かな。となると、まず大力おちかを探すことだな。おちかが見つかれば後は芋蔓《いもづる》だ」

と一郎太が竹蔵に命じた。

「坂崎様、若衆の野郎を炙《あぶ》り出して、このお天道様のもとに晒《さら》すまでちょいと時《と》間《き》を貸してくだせえ」

竹蔵が請け合い、これでだいぶ磬音の気分は楽になった。

この帰り、地蔵蕎麦で打ちたての蕎麦と汁を購い、北割下水に品川柳次郎《しながわりゅうじろう》を訪ねた。

このところの暑さで顔を合わせていなかった。どうしているかと品川家の傾いた門を潜ると、縁側では幾代《いくよ》と柳次郎母子が相変わらず内職の団扇作りに精を出していた。

庭には夏野菜が茂り、蔓を這《は》わせた瓢簞《ひょうたん》の葉が影を落としていた。

「ここは涼しげですね」

「日がな一日団扇の紙を貼《は》ってごらんなさい、涼しいどころか地獄です」

と答えた柳次郎は、磐音がなんぞ儲《もう》け口を持ってきたかと期待の顔をした。

「さし当たって外に出る仕事はありません」

「屋敷から抜け出られるかと胸が高鳴ったのに」

柳次郎ががっかりとした顔をし、

「これ、柳次郎、坂崎様を桂庵《けいあん》の番頭か手代のように考えなさるな。母と一緒に仕事ができる以上の幸せがありますか」

「夏も冬も内職が仕事では嫁の来手もございませんぞ」

「おや、そなたにそのような方がおられるのか」

「いえ、譬《たと》えです」

「坂崎様が来られたゆえ、茶を淹《い》れましょう」

と言う幾代に、竹皮包みの蕎麦と竹筒に入れた汁を差し出した。

「地蔵の親分が打たれた蕎麦です」

「この暑さには格好の頂戴物です。親分には敵《かな》いませぬが昼餉に蕎麦を茹でましようか」

「それがしも相伴にあずかれますか」

磐音の正直な返答に笑みを浮かべた幾代が台所に下がった。

本来、御目見《おめみえ》以下の御家人とはいえ、中間《ちゆうげん》や女中の一人や二人いなければならない決まりだ。だが、幕府誕生から百七十余年が過ぎ、武家屋敷はどこも武家諸法度の決まりごとを守るどころか、体面すら保てなくなっていた。

品川家では、当主自身が大身《たいしん》旗本の登城行列の一人に潜《もぐ》り込んで日当を稼ぐ有様だ。

幾代自ら台所に立ち、炊事洗濯掃除となんでもこなした上に、内職にも精を出していた。

「地蔵の親分のところに立ち寄られたそうですが、なんぞ御用ですか」

磐音は朝次が仲介してくれた大力おちかの行方知れずの件を話した。

「日当二百文でこの暑さの中を走り回りますか」

「地蔵の親分が当たってくれていますので、それがしは今のところ報せを待つだけです」

「それにしてもそんな騒動がねえ」

本所深川の情報に通じた柳次郎も知らない様子だ。

「ともかく金にはなりそうにないな」

それが柳次郎の感想だった。

「竹村《たけむら》さんはどうしておられます」

同じ本所に住む浪人者竹村武左衛門《ぶざえもん》を気にした。

「はて、旦那のことだ、せかせかと稼ぎ仕事を見つけて働いていますよ」

「所帯持ちの上に食べ盛りの子がおりますからね」

内職の手を休めた柳次郎とあれこれお喋《しゃべ》りしていると、

「坂崎様、柳次郎、蕎麦が茹で上がりましたよ。なかなかの腕前です」

と自画自賛した幾代が、井戸水で晒した蕎麦を運んできた。かたわらには箸休めの大根の古漬けが添えられていて、なんとも美味しそうだ。

「坂崎様、馳走になります」

三人は御家人屋敷に作られた畑の緑を見ながら、幸せそうに蕎麦を啜り合った。

四

地蔵の竹蔵はちょいと時間を貸してくれといったが、連絡がないまま二日が過ぎ、三日目に入った。

この日、雲ひとつ浮かんでいなかった江戸の空に灰色の雲が姿を見せて、天気の変わり目を予感させた。

いつものように朝から宮戸川で鰻を割いていると、品川柳次郎が姿を見せた。もう仕事も終わり時分だ。

菅笠を被り、着流しの裾を端折《はしょ》って腰帯に絡げ、脇差《わきざし》だけを差した姿で、手に畳んだ大風呂敷を持っていた。

顔に大汗を搔いているところを見るとどこかに出かけた帰りか。

「若衆の塒《ねぐら》、見つけましたよ」

磐音は目を丸くして柳次郎を見た。

本職の御用聞きが大勢の手先を使って行方を捜していた。だが、探索は難航していたのだ。それを柳次郎はあっさりと見つけてきたというのだ。

「団扇の絵付け屋が浅草新鳥越町《しんとりごえ》にありましてね、陽射しが強くならないうちにと、出来上がった団扇を大風呂敷に背負い、朝早くそこへ運び込んだのです。その帰り、遍照寺のかたわらの道を抜けようとしたら、境内で若い女が両手に持った石臼《いしうす》を、上げたり下げたりしているではありませんか。そのかたわらに青白い若衆侍が稽古ぶりを見物していたのです。あれは間違いなく大力おちかです。私は素知らぬ振りで通り過ぎました」

「二人は近くに住んでいるのですか」

「表に出て、土地の者に訊いたところ、遍照寺裏の隠居所に住んでいるようです。若衆の名は松倉新弥《まつくらしんや》、あれで彦根藩に伝わる心鏡《しんきょう》流の遣い手だそうです」

「品川さん、お付き合い願えますか」

柳次郎が頷いた。

磐音は松吉《まつきち》と次《じ》平《へい》に断り、鉄五郎親方に許しを得て早めに仕事を上がらせてもらった。その足で地蔵蕎麦を訪ねると、竹蔵が手先たちを集めて、その日の手配りをしているところだった。

事情を聞いた竹蔵が、

「本所深川界隈ばかりを当たっていたが、川向こうの浅草でしたかえ」

と舌打ちして柳次郎に、

「柳次郎さん、礼を申しますぜ」

と少し鬢《びん》に白髪《しらが》が混じり始めた頭を下げた。

「餓鬼時分からの付き合いだが、親分に礼を言われたのは初めてだ」

と目を丸くした。

急ぎ横川の船宿から猪牙舟が仕立てられ、竹蔵親分と手先、それに磐音と柳次郎が乗って漕《こ》ぎ出した。

横川から源森川へ出ると大川に波が立っているのが見えた。風が吹いて、かんかん照りもどうやら今日までのようだ。

「大荷物を背負《しょ》って歩くのは地獄でしたよ。舟は極楽だ」

柳次郎の声がどこかのんびり聞こえた。

灰色の雲が空に広がり、それを見上げた竹蔵が、

「昼過ぎにはひと雨ありそうだ」

「北割下水の溝の臭《にお》いは堪らない。雨が堀の底から引っ掻き回して洗い流してくれると助かるがな」

「まあ見ていなせえ、何日かは雨続きだ」

「長く続くのも困る。なにしろ団扇の糊《のり》の乾きが悪いからな」

御家人の倅《せがれ》は今度は内職のことを心配した。

猪牙舟は竹屋ノ渡し船が往来する川を斜めに突っ切り、山谷《さんや》堀に入れた。

今戸橋を潜った両岸には船宿が櫛比《しっぴ》していた。

吉原通いの猪牙の客が使う船宿だが、昼見世にもまだ早い。そのせいで船宿も気だるそうにひっそりしていた。

磐音は山谷堀の流れから西空を見上げた。

官許の遊里吉原には三人の太夫の一人、許婚《いいなずけ》だった小林《こばやし》奈緒こと白鶴がいた。

豊後関前藩で祝言《しゅうげん》を前に藩騒動の混乱に引き裂かれた磐音と奈緒は、運命に翻《ほん》弄《ろう》された末に同じ江戸に暮らす身となった。だが、もはや二人の間には天と地ほどの距離が広がっていた。

磐音は密《ひそ》かに白鶴の幸を祈って暮らす道を選んでいた。

(奈緒、いや、白鶴、息災に暮らせ)

胸の中で言いかけた磐音は水面に視線と注意を戻した。

山谷堀は、今戸橋から新鳥越橋辺りまでは堀幅が広い。

竹蔵は新鳥越橋の手前の北側の河岸に舟を着けさせ、手先たちに、

「なんでもいい、松倉新弥とおちかの暮らしぶりを洗い出せ。だが、相手に気取られるんじゃねえぜ」

と命じた。

「親分方はどこに控えていなさるんで」

「新鳥越の番屋が本陣だ」

「合点だ」

と手先たちが浅草新鳥越町に散っていった。

竹蔵は磐音と柳次郎を引き連れて、新鳥越の番屋に向かった。

火の見櫓《やぐら》が建つ番屋の障子戸は大きく開かれ、壁に刺股《さすまた》、突棒《つくぼう》など捕り物道具が立てかけられていた。

「父っつぁん、南町の関わりの者だが、ちょいと番屋を使わせてくれ」

竹蔵は断り、二人を番屋の土間に入れた。

番屋の奥の戸も開かれて風が通り抜け、過ごしやすかった。

番太《ばんた》の淹れた渋茶も飲み飽きた頃合い、手先の音次《おとじ》が戻ってきた。

「親分、様子が幾分分かりやしたぜ」

音次の顔は玉の汗だ。それを手拭いでごしごしと拭《ぬぐ》った音次は、

「やっぱりよ、女は大力おちかだったぜ。おれもあの姉妹の見世物をよ、大口を開けて見とれた口だ、間違いねえ」

「なんでも役に立つもんだな」

「親分、冷やかしはなしだ。松倉新弥には仲間が何人かおりましてね、関口流抜

刀術を売り物にしている大道芸の浪人中村佐内《なかむらさない》、それに斬《き》られの丹次《たんじ》の二人だ。佐内と丹次がこれといった娘芸人に目をつけて、松倉新弥が乗り出して一座から連れ出すという手順だな」

「これまで連れ出した娘芸人はいねえか」

音次が顔を横に振り、探索の結果を告げた。

「どうやら奥山の見世物小屋を通して陸奥《むつ》や出羽《でわ》のどさ回り一座に叩《たた》き売られている様子ですぜ。数人纏《まと》まったところで船に乗せられ、常陸《ひたち》の浜に揚げられるらしい。丹次の野郎が酔った勢いで自慢しているのを飲み仲間が聞いてたんでさ」

「曲独楽おせんは遅かったか」

竹蔵が嘆き、さらに訊いた。

「おちかは松倉新弥の正体に気付いてねえか」

「美形の姉妹は一家の稼ぎ頭だ。悪い虫がつかねえように親父が男を近付けなかったのが災いしたか、男を見る目がねえや。新弥にぞっこんで、一緒に上方辺りに稼ぎに行こうという言葉を信じているようですぜ」

「大事法事もときには災いだな」

「まったくでさ。こんなときのためにこのおれ様が付き合ってやったのにさ」

「そいつはどうかな」

と笑った竹蔵が、

「新弥らの住まいはどんなふうだ」

「それがちょいと厄介《やっかい》なんでさ。聖天《しょうでん》町の乾物屋の隠居所で、間数は四つ、小さな庭が隠居所を囲んでおりやす」

「厄介たあ、なんだ」

「西側に遍照寺、北側に隋泉院と塀を接しておりやす。とりわけ、隋泉院は夜中に賭場《とば》を開くような破戒坊主が和尚《おしょう》だ。逃げ込まれて、うちは寺社の差配下だなんて居直られちゃ面倒ですぜ」

「そいつは確かに厄介だ」

「親分、今は新弥一人が出かけていねえや。隠居所には佐内と丹次がおちかの見張りに残ってますぜ」

「新弥は別の娘芸人を連れ出す算段だな」

「どうもそんな按配《あんばい》だ」

「新弥が戻ったところを踏み込むか」

竹蔵は手先を南町奉行所に走らせ、旦那の木下一郎太に探索の概要を知らせた。

夕暮れ、空が真っ暗になった。

生暖かい風が大川から新鳥越町に吹き付けてきた。

夕餉を新鳥越町の一膳飯屋で食した地蔵の竹蔵と坂崎磐音、それに成り行きで捕り物に最後まで加わることになった品川柳次郎の三人は、五つ（午後八時）の刻限、大力おちかが松倉新弥に連れ込まれた隠居所の見張りに加わった。

松倉新弥は未だ帰っていないという。そこで竹蔵は音次らに飯を食いに行かせた。

三人が張り込みに入って四半刻《しはんとき》（三十分）が過ぎた。

砂埃《すなぼこり》を巻き上げた烈風が吹いたと思うと沛然《はいぜん》と雨が降り始めた。

神輿倉《みこしぐら》の軒下に身を潜《ひそ》めていた磐音たちは、横風に煽《あお》られる驟雨《しゅうう》に全身が濡れそぼった。

音次たちも飯から戻ると当たり前の顔をして雨の見張りについた。御用には雨風もあれば吹雪《ふぶき》の探索もあることを、親分の竹蔵に叩き込まれていたからだ。

五つ半（午後九時）の頃合いか。

隠居所に二挺《ちょう》の駕籠《かご》が着き、若衆と娘が降りた。

松倉新弥はどうやらおちかとは別の娘芸人を誘い出してきたようだ。

隠居所の中で灯りと人影があちらこちらに動いていたが、そのうち鎮まった。

酒盛りでも始まった様子だが、激しく地面を叩く雨音で話し声すら聞こえなかった。

もはや磐音たちは全身ぐっしょりの濡れ鼠《ねずみ》だ。

「おや、木下の旦那がお見えだ」

どしゃ降りの雨の中、一文字笠に合羽《かっぱ》、小者《こもの》を従えた南町奉行所定廻り同心木下一郎太が姿を見せた。

「雨の中、ご苦労さまにございます」

と竹蔵が雨の見廻りを労《ねぎら》った。その竹蔵に頷き返した一郎太が、

「坂崎さん、品川さん、御用に付き合わせて申し訳ありません」

と逆に磐音たちに謝った。

「品川さんは別にして、それがし、大力おちかを取り戻してくれと父親の千太郎どのから頼まれております。これは仕事です」

「大力一座ではまともな給金も払って貰《もら》えますまい」

と笑った一郎太が、

「元御家人松倉新弥には前科がありました。例繰方《れいくりかた》の逸見五郎蔵《いつみごろぞう》老人が覚えておりました。こたびと同じく女を誑かして連れ出し、他の岡場所に叩き売っていたのです」

「女郎を足抜けさせてましたかえ」

竹蔵が訊いた。

「そういうことだ。だがな、売られた女たちが、騙《だま》されたのではない、私のほうが新弥様に頼んだのだと言うものだから、御家人の士籍を削られただけで騒ぎは収まったのだ。四年前のことだが」

「どうせこの四年、碌《ろく》な暮らしなんぞしちゃいませんぜ。叩けばいくらでも埃が出ますよ」

竹蔵が請け合い、顔にかかる雨を手で拭った。

「おちかは十二両二分を持ち出し、姉娘おしづは松倉新弥に唆されてのことだと申しております」

磐音の言葉に、

「そいつは使えますよ。十両盗めば首が飛ぶのは町方の定法ですからね。松倉新弥の年貢の納めどきだ。竹蔵、踏み込むぞ」

木下一郎太の一声で一同は動き出した。

二手に分かれて、隠居所の玄関と裏口に同時に踏み込む手筈《てはず》がすぐに整った。

磐音は表組、柳次郎は裏組に加わった。

手先たちが格子戸を持ち上げるように外して、竹蔵を先頭に飛び込んでいった。

「御用だ！　松倉新弥、娘芸人勾引《かどわか》しの罪で南町奉行所に引っ立てるぜ！」

「ぬかせ！」

酒盛りをしていた三人の男と女が立ち上がった。

若衆姿の新弥は細身の剣をすでに抜き、関口流抜刀術の中村佐内は、鯉口《こいぐち》を切って腰を落とした。斬られの丹次は懐《ふところ》の匕首《あいくち》を抜いて、逆手に構えた。

突然の出来事に、新弥のかたわらに座っていた女は呆然《ぼうぜん》としている。

磐音は座敷に入った。

体じゅうからぼたぼたと雨の雫《しずく》が畳に落ちて、水溜まりを作った。

「そなたはおちかどのか」

磐音の問いに娘が激しく顔を振った。

（おちかはどこにいるのか）

磐音は屋内を見回した。

座敷の奥の襖《ふすま》が閉め切られていた。

「勾引したとはどういうことだ。おれは大力おちかに頼まれただけだぜ」

そう言いながらも心鏡流の遣い手松倉新弥は、剣の刃を上向きに下段につけて構えた。

「おちかの父親千太郎からの訴えもある。それにそなた、金子を持ち出すようおちかを唆したな。言い分あらば、お白洲《しらす》で申し上げるがよかろう」

磐音は座敷の鴨居と天井の高さを気にしつつ敷居を跨《また》ぎながら、刃渡り二尺七寸の包平を抜いた。

丹次がふいに娘の手を摑み、匕首を首に当てた。

「町方の捕り物になんで浪人者が加わるんでえ。娘の命はねえぜ」

丹次が叫んだ直後、二つのことが同時に起こった。

裏口から入り込んだ品川柳次郎らが廊下に姿を見せ、新弥らの背後の襖が足で開かれ、大きな長火鉢を両手で抱えたおちかが、

「新弥様、逃げてください！」

と叫ぶと、新弥らと磐音たちが対峙《たいじ》する座敷の真ん中に放り投げたのだ。

座敷じゅうにもうもうと灰が舞い上がった。

視界を塞《ふさ》がれた磐音はそれでも見当をつけた場所に飛び込みざま、峰に返した包平で丹次の脛《すね》を叩いていた。

「あいたたたっ！」

勢い余って流れた包平の刃が、長火鉢から転がり落ちた鉄瓶《てつびん》を叩いたようだ。

磐音の手に激痛が走り、痺《しび》れた。

そのかたわらから松倉新弥が雨戸に体当たりして庭に逃れるのが見えた。

包平を提げた磐音も続いた。

顔に被った灰を雨が一気に洗い流した。

視界が蘇った。

すると庭の水溜まりに、若衆袴《ばかま》の裾に足を取られた松倉新弥が倒れているのが見えた。それでも起き上がり、脱兎《だっと》の如く逃げようとした。

「逃がさぬ！」

磐音の声に、中腰の新弥が振り向きざま細身の剣を回した。

痺れる手の包平で受けた。

雨中、鈍い音がした。

磐音は思わず包平を取り落としていた。

（不覚……）

新弥も尻餅《しりもち》をついていた。

手の剣は体の横手に流れていた。

磐音は新弥が起き上がろうとする胸部に咄嗟《とっさ》の足蹴《あしげ》りをくれた。

新弥の体が後方に吹っ飛んだ。

磐音は脇差を抜くと峰に返し、剣を構え直した新弥に走り寄った。

尻を落とした姿勢で新弥が剣を水平に振るった。

磐音は雨の虚空に飛びあがり新弥の剣を避けると、峰に返した脇差で新弥の額を叩いていた。

がつん！

磐音は後ろ向きに倒れ込む新弥の体を越えて着地して転がった。

必死で立ち上がった。

新弥はぐったりして動かない。

そのとき、家の中に、

「中村佐内、斬られの丹次、召し捕ったり！」

と叫ぶ地蔵の竹蔵親分の誇らしげな声が響き渡った。それに続いて娘の泣き声が聞こえてきた。

磐音が破られた雨戸の隙間《すきま》から座敷を見ると、灰が鎮まった座敷の真ん中に座り込んだおちかが、
わあわあ
と泣き崩れていた。

磐音は脇差を鞘《さや》に戻し、庭に転がる包平を拾った。

座敷の灯りに刃を翳《かざ》すと、鉄瓶を叩いた包平は刃こぼれしていた。

(研ぎに出さねばならぬな)

灰と大雨以上に無様な勝負であったと、技の未熟さを独り恥じた。

夜明け前、雨がやんだ。
磐音はおちかを連れて東詰の両国広小路の大力一座の小屋に向かった。
磐音が小屋の外から千太郎の名を呼ぶと、寝惚《ねぼ》け眼《まなこ》の父親が姿を見せ、
ぱあっ
と顔に喜色を浮かべた。
「おちか、おちかを連れ戻していただいたので」

千太郎は大声で小屋の中に、

「おい、おちかが戻ってきたぞ！」

と呼びかけ、磬音を誘った。

有明《ありあけ》行灯が見世物小屋の内部をぼんやりと照らしていた。

板屋根と筵《むしろ》囲いの小屋の中にも雨が降り込んで、ところどころ雨漏りがしていた。だが、舞台はかろうじて雨から避けられていた。一家はその板の上に寝ていた。

飛び起きた母親が、

「おちか、よう戻ってきた！」

と娘に抱きついた。

抱き付かれたおちかは、ぼんやりとした視線を見世物小屋の入口に向けていた。

おちかの目は別の世界を見ていた。

そんな妹を姉のおしづが、初めての人間でも見るように眺めていた。

「おちかどのは疲れておる。ゆっくり休ませることだな」

磬音は千太郎にそう言い残すと小屋の外に出た。

雨が上がった広小路は湿り気に包まれていた。そして、清々しくも感じられた。

「浪人さん、ありがとう」

振り向くとおしづが磐音の後を追って小屋の出口に立っていた。

「浪人さん、妹は元のおちかに戻りますよねえ」

「戻る、戻るとも。数日、旅に出ていただけだ」

頷いたおしづが、

「明日にも朝次親方の矢場にお礼を持って参ります」

と言いかけた。

「こたびは気にしないでもらいたい。なんとも無様な仕事でな」

と答えた磐音を、おしづは不思議そうに見返した。

「なあに、こっちのことだ」

そう答えた磐音は見世物小屋を後にした。

生乾きの着物が肌にへばりついてなんとも気持ちが悪かった。

(こんなこともある)

磐音は自らに言い聞かせると六間堀へ足を向けた。

第二章　夜風地引河岸

一

その屋敷は北と南の割下水のほぼ中間、地蔵の竹蔵が蕎麦屋を営む法恩寺橋からまっすぐ西に下った吉岡町の裏通りにあった。

通用口の戸の内側には貧乏徳利をぶら下げて重し代わりとし、門番がいなくてもその重みで自然に閉じられる仕組みになっていた。

そんな御家人の家の戸口に、

「刀剣研師　鵜飼百助《うかいももすけ》」

と書かれた木札が打ち付けられていた。

「御免くだされ」

坂崎磐音は包平《かねひら》を片手に提げて通用口を潜り、敷地の中で呼びかけた。

森閑とした屋敷の一角から規則正しい物音がした。

砥石《といし》の上を刃物が往復する音だ。

磐音はしばし鵜飼邸の敷地を見回した。

品川柳次郎の屋敷とほぼ同じ広さの敷地ながら、鵜飼邸には鬱蒼《うっそう》とした庭が広がり、濃い緑がさわさわとした風に煽られていた。

刃こぼれした包平を研ぎに出したいがどこかよい研ぎ師を知らぬかと、品川柳次郎と竹蔵に訊ねてみた。すると二人が口を揃《そろ》えて、

「鵜飼様かな」

「間違いねえ、天神鬚《てんじんひげ》の百助様だ」

と同じ人物を推薦した。

「天神鬚ですか」

「うちと一緒の御家人小普請組ですが、鵜飼家には伝来の刀研ぎが伝わり、それが家業になっています。ともかく研ぎの技前は本所深川一だ。それに刀の目利《めき》きです。この界隈の大身旗本が刀を購えば、まず天神鬚の百助様に鑑定してもらうほどです」

「お代は高くはないですか」

「うちの名前を出してください。同じ御家人仲間の友達からそう高くは取りませんよ」

と柳次郎が答え、地蔵の親分も、

「天神鬚は昔気質《かたぎ》の職人のようでしてね、刀が気に入ると研ぎ代なんか眼中にないって御仁です」

と付け加えた。

「但《ただ》し、鈍《なまく》ら刀や刀に見合わない侍が研ぎを頼みに来ても、返事もしねえそうです。坂崎様なら太鼓判を押しやす」

竹蔵が最後に言った言葉を気にしながら、磐音は音のするほうへと歩いていった。

二百坪ほどの敷地の西側に刀研ぎの工房はあった。

「御免」

再び磐音が声を張り上げると作業の音が止まった。

今日も暑い陽射しが本所一帯に落ちていた。だが、風が吹いて、その分先日来の猛暑の日々よりも過ごしやすかった。

開け放たれた戸口に歩み寄り、

「鵜飼百助様はこちらにおられましょうか」

と訪《おとな》いを告げた。

清潔な工房の北向きの壁は採光のよいように障子窓が立てられ、白衣の作業着の男が座って、短刀を研いでいた。

膝《ひざ》の前には洗い桶や砥石類がきちんと並んでいた。

顔が磐音に向けられ、磐音は、

「天神鬚の百助」

と友二人が呼んだ理由を知った。

初老の痩《や》せた顎の下に、山羊《やぎ》のような白い鬚が垂れていた。頭髪も、白髪のほうが多かった。

なにも答えない鵜飼に向かって、

「それがし、六間堀の金兵衛長屋に住まいいたす坂崎磐音と申します。北割下水の品川柳次郎どのの紹介にて刀の研ぎをお願いに上がりました。柳次郎どのの……」

と磐音が説明しかけると、

「知っておる」

と天神鬚が答えた。そして、

「研ぎたい刀はその長剣か」

「はい」

「見せてもらおう」

磐音は土間から、工房の横長の板の間に座す鵜飼百助に包平を差し出した。

鵜飼百助は受け取った包平の柄頭《つかがしら》から柄巻、鍔《つば》、鞘の塗り、下げ緒をじっくりと検《あらた》め、小さく唸《うな》った。さらに目釘《めくぎ》を外し、柄を外して、切羽《せっぱ》、目貫《めぬき》、小柄《こづか》を調べた。だが、銘には目をくれようともしなかった。

刃を上にして静かに二尺七寸の刀身を引き抜き、抜いた刀身の表裏を検め、地肌、刃文、鋩子《ぼうし》をじっくりと堪能するように見た。

無言の長い時が流れた。

「備前三平《さんひら》の一人、包平の名刀を腰に帯びた侍が当今いたか」

と呟き、磐音を見据えて、

「そなた、尋常の遣い手ではないな」

と言いのけた。

磐音が黙していると、

「師匠はたれか」

とさらに訊いた。

「江戸での師は直心影流の佐々木玲圓先生にございます」

「神保小路の佐々木道場の門弟か。道理でのう。それにしても使い込んだ包平よ」

と鵜飼は静かな嘆声を上げた。

包平は、鵜飼が言うように備前三平の、助平《すけひら》、高平《たかひら》とともに備前の三名刀鍛冶《かじ》であり、後鳥羽《ごとば》上皇の御帯刀を鍛えた名工だ。

包平には刃渡り二尺六寸から七寸の長剣が多く、大包平と呼ばれる三尺に達するものがあった。だが、実戦に使われる剣としては二尺七寸辺りが限界だろう。

その点から言えば、磐音の包平は、

「大包平」

と呼ばれても不思議ではない豪剣だった。

「時を貸せ」

「鵜飼様、請けていただけますか」

天神鬚が言わずもがなのことを訊くなといわんばかりに磬音を睨《にら》み、

「包平がこの有様では哀れじゃ」

と独り言のように呟いた。

もはやそこには磬音がいないかのように再び刀身に見入った。

「お代はいかほどにございましょうか」

「なに、まだいたか」

「はい。研ぎ料を伺っておりませぬ」

「柳次郎の知り合いなら多額の研ぎ賃など出せまい。要《い》らざる心配をいたすでない」

その言葉に頭を下げた磬音は工房の外に出て、

ふうっ

と一つ吐息をついた。

磬音は貧乏徳利を重し代わりに吊《つ》るした潜り戸を出て、気付いた。

腰がえらく軽いのだ。

豊後関前藩の屋敷を出るとき持ち出した伝来の包平を研磨に出せば、当然腰に残るのは無銘の脇差一尺七寸三分（五十三センチ）だけである。そのせいでえらく頼りなく腰が浮いているように感じた。

(包平の代わりをなんとかせねばならぬな)

と思案しながら、六間湯に行った。

鰻割きの仕事をした後は手にぬめりと生臭さがこびりついたようで、朝湯が習慣になっていた。

裏長屋暮らしの磐音のただ一つの贅沢《ぜいたく》がその朝湯であった。

番台に座る主《あるじ》の八兵衛《はちべえ》が磐音の普段とは違う姿を目敏《めざと》く見付け、

「いよいよ武士の魂を質に曲げなさったか」

と問いかけた。

「そんなところだ。近頃まともな仕事もないでな」

「仕方がねえ、こんなご時勢だ。おまえ様のように剣の腕はよくとも、それだけでは飯は食えませんからな」

と笑い、

「鰻捕りの幸吉はちゃんと奉公してますかえ」

と近くの長屋から宮戸川の小僧として奉公に出た幸吉の身を案じた。

「どうやらひととおりの仕事は呑《の》み込んだようで頑張っているようだ」

「幸吉のやつ、いいところに弟子入りしたよ」

「それがしもそう思う」

昼前の刻限のため、六間湯は混んではいなかった。

洗い場で体を洗い、石榴口《ざくろぐち》を潜ると白髪頭が湯に浮いていた。

どてらの金兵衛だ。

「今日は遅うございましたな」

「刀を研ぎに出しました」

「ほう、どちらへ」

「鵜飼百助と申される御家人です」

「天神鬚の先生なら腕は確かだが偏屈という評判だ。請けてくれましたかな」

「時を貸せと言われました」

「なら安心だ」

と答えた金兵衛が、

「百助様の爺様《じい》にあたる人が刀の研磨では大名人と評判の人物でね。百助様も爺様に手厳しく鍛えられたんですよ。だが、当今、刀を研ぎに出すときは売りに出すときくらいで、仕事もそうはないはずだ。江戸でも名代《なだい》の料理屋が百助様の評判を聞きつけて、うちの包丁の面倒を見てくれたら月に十両出すと申し出たそうだが、おれは研ぎ屋ではない、刀剣の研ぎ師だと怒鳴って追い返したそうですよ」

「それがしも名人気質のお方とお見受けしました」

金兵衛と話しながら長湯をした。

二人で肩を並べて六間湯を出たとき、陽《ひ》はすでに中天にあった。

「雨が降って息を吹き返したと思ったら、また暑さのぶり返しだ」

痩せて小さな体の金兵衛は暑さにうんざりしたように言った。

「風があるゆえ、先日の暑さよりもだいぶ凌《しの》ぎやすい」

「坂崎さんはお若いからな」

六間堀に架かる猿子橋を渡ろうとしたら、金兵衛長屋の路地から結城秦之助と別府伝之丈が姿を見せた。

「おおっ、来ておったか」

「お留守なので宮戸川へ参ろうかと出てきたところです」

伝之丈が答えた。

「御用飛脚の中に為替が入っておりました。中居半蔵様の書状でのお指図もあり、坂崎様に同道を願って今津屋を訪ねようと、こちらに参ったところです」

「為替がもう届いたか。思うたよりも早かったな」

磐音はそう答えると濡れ手拭いを金兵衛に預かってもらい、

「この足で今津屋を訪ねます。おこんさんに言伝はありませんか」

と訊いた。

「老いた親父は暑さに打たれて今にも死にそうだと伝えてくださいな」

「時に顔を見せよと」

「まあ、そんなところで」

金兵衛と別れた磐音らは六間堀から竪《たて》川に向かった。当然、北之橋詰で宮戸川の看板を横目に見ることになる。

「そうだ、思い出した！」

と伝之丈が叫んだ。

「数日前、殿がそれがしに耳打ちなされました」

「実高《さねたか》様がなんと仰せられたのじゃ」

「はい。この暑さで余も奥もげんなりしておる、時に宮戸川の白焼きを食したいものよと。つまりは、坂崎様に顔を見せよと暗に仰せなのでございましょう」

磐音は即答できなかった。

藩を抜けた身でそうそう屋敷に旧主を訪ねるのは憚《はばか》られることだ。だが、実高とお代《だい》の方にいささかなりとも応《こた》えようと考えた。

「宮戸川に寄って参ろう」

北之橋を渡ると、磐音は宮戸川の表に二人を待たせて店に入った。

「あれっ、浪人さんが戻ってきたぜ」

と幸吉が大声を張り上げ、鰻を焼く鉄五郎が団扇《うちわ》を使いながら、

「おや、鰻を食べに来られましたので」

と言いかけた。

「そうそう鰻は食せません。折りをお願いしたいのです」

と白焼きと蒲焼を三人前ずつ頼んだ。

「いつぞやの殿様へのお遣い物ですかい」

表の二人をちらりと見た鉄五郎がそう推量した。

「さよう」

「これからすぐに屋敷に戻られますので」

「いや、今津屋で用を済ませます」

「なら頃合いに今津屋まで幸吉に持たせますよ。そのほうが、少しでも硬くなるのを防げましょう」

「そう願えると有難い。親方、お代は後ほどでよろしゅうござるか」

「坂崎さんのことだ。いつだって構うこっちゃありませんや」

鉄五郎が請け合い、幸吉が、

「今津屋には八つ（午後二時）時分に届けていいかい」

と訊いた。

「その刻限までには二人の用事も終わっていよう」

磐音は幸吉に見送られて宮戸川を出た。

「お侍さん、いいかい、親方が丁寧《ていねい》に秘伝のたれで焼き上げた鰻だ。ぶらぶらさせて、屋敷まで持っていくんじゃねえぜ」

幸吉は早手回しに伝之丈と秦之助に注文をつけた。

「坂崎様、殿への土産《みやげ》を誂《あつら》えられましたので」

「幸吉どのが後ほど今津屋に届けてくれることになっておる。幸吉どのの申すことを忘れずにな」

「おやおや、鰻屋の小僧さんのお先棒を担がされるぞ」

伝之丈が苦笑いした。

「お侍さん、浪人さんのようにさ、お屋敷を追い出される羽目になったら、宮戸川に雇ってもらうことになるかもしれないよ。そんときのためにしっかりさ、殿様にお運びするんだよ」

深川育ちの幸吉にぽんぽんと言われた伝之丈が、

「そのときは幸吉どのにお願いいたそう」

と苦笑いして、磐音たちは両国東広小路へと向かった。

暑さが幾分和らいだのと、風が出たので過ごしやすかった。そのせいか広小路はいつもの賑わいを見せていた。

「坂崎さん、ちょうどいいところでお会いしました」

人込みから楊弓場の朝次親方に声をかけられた。

朝次は広小路の町役の印半纏《しるしばんてん》を着た仲間たちといた。どうやら夏祭りの相談ごとでもしている気配だ。

「大力の千太郎親方が大喜びでうちに礼に来ましたぜ」

「それはなによりであった。おちかどのはもう舞台に立っておられるか」

「戻ってきた日と翌日は休みましたが、姉のおしづに諭されて、再び二人姉妹の大力芸を見せていますよ」

朝次は懐から熨斗《のし》袋を取り出し、

「こいつは坂崎さんの仕事賃だ、取っておきなせえ」

「あれはもうよいのだ。おしづどのにも申したが、無様な仕事でな、お代をいただく仕事ではなかった」

「坂崎さん、それは考え違いだ。千太郎親方は大事な一家の稼ぎ頭をなくすところだったんですぜ。それを、この朝次が口利きをして坂崎さんにお頼みし、坂崎さんはどしゃぶりの雨の中で奮闘なされておちかを無事に取り戻してくれたんだ。だれが無様な仕事なんて言うものですか」

「そうは言われるが、なんのために剣の修行をしたのか、大事な差料《さしりょう》に刃こぼれをさせる体《てい》たらくであった」

「その研ぎ料、だれが払いなさる」

「無論それがしが……」

「坂崎さんの話は全く勘定に合いませんぜ。とにかく客が喜んでいるんです。坂崎さんがどう思われようとこれは苦労賃です」

と朝次が磐音の手に押し付けた。

「頂戴してよいのであろうか」

「当然ですよ」

と応えた朝次が、

「姉のおしづから、見世物を見物に来てくださいとの言伝がございますぜ」

「それはぜひ見に参ろう」

磐音は思いがけない金子を得て、複雑な気持ちながら、

（研ぎ料の目処が立ったな）

と安堵した。

そして、こうも考えた。この稼ぎの半分は品川柳次郎のものだと。

朝次と別れて三人が両国橋にかかったとき、秦之助が、

「また変わった請負仕事をなされたようですね」

「浪々の身なれば仕事の選《え》り好みはできぬからな」

磐音が大力おちかの一件を話すと二人が呆れた顔をして、

「それで脇差だけ差しておられるのですか」

「差そうにも差すものがない」

磐音は憮然《ぶぜん》とした面持《おもも》ちで言った。

「坂崎様、われら、屋敷を追われても、坂崎様の跡継ぎには到底なれそうにありません」

伝之丈が、着流しに脇差だけの、まるで隠居然とした磐音を見た。

二

豊後関前城下の両替商白木屋で振り出された送金為替を、今津屋の振場役の新三郎が受け取って調べ、間違いないことを確かめ、帳簿に記した。

その後、今津屋で現金の出納を司る天秤方《はかりかた》の政次郎《まさじろう》に為替が回され、五百三十七両三分が小判と一分金に交換された。

その金子は即座に、店の奥の座敷で待つ老分の由蔵のもとに届けられた。

「老分さん、半端にはなりますが、かような振り分けです」

政次郎は四分六分の計算の書き付けも持参していた。

磐音と伝之丈、秦之助の三人は、奥州屋の荷が関前に運ばれ、目の前の金子に変わった現実を目の当たりにして感激に浸った。

「江戸で処分すれば百両以下といわれた反物などが、二百六十余里運ばれてこれだけの金子に化けました。これが商いの醍醐味《だいごみ》でございますな」

由蔵が言うと、

「坂崎様、お約束は四分六分にございましたな」

「さようにございます」

と磐音が答え、

「お約定《やくじよう》どおりでようございますか」

「むろんのことにございます」

伝之丈らにはまるで禅問答のように聞こえた。

「となりますと」

算盤《そろばん》を取り上げた由蔵がぱちぱちと計算し、

「四分の関前藩の取り分が二百十五両、うちが三百二十二両二分、それに一分が残りましたな。政次郎、一分の銭相場はいくらかな」

「千三百六十文で推移しております」

「ならばと、五百四十四文と八百十六文でございますな。締めて関前藩の取り分は二百十五両と五百四十四文となります」

由蔵は政次郎の書き付けと照合し、書き付けと算盤の数字を三人に示した。

伝之丈は胸の中で計算していたらしく、即座に頷いた。

磐音は空荷同然で江戸から関前へ戻らねばならなかった正徳丸が、今津屋の力を借りて二百両以上もの利を生み出したことに感激していた。

経理に明るい秦之助が今一度算盤玉を睨みながら暗算して、

「確かに」

と答えた。

「ならば、政次郎、関前藩の取り分を勘定して、書き付けと一緒にお渡し申すのです」

「畏《かしこ》まりました」

と政次郎が店に下がり、一座にほっとした息が洩れた。

「一番船の戻り商いとしては、まずまずにございましたな」

「これも偏に今津屋どののご親切とご配慮の賜物《たまもの》にございます」

姿勢を改めた磐音が答え、頭を下げた。それを見た伝之丈と秦之助も慌てて倣《なら》った。

「おやおや、私はなんだか恵比寿様にでもなった気分ですよ」

と由蔵が笑い、頃合いを見ていたおこんが茶菓を運んできて、商いの話から四方山話に移った。

四半刻（三十分）も過ぎた頃、再びおこんが姿を見せて、

「坂崎さん、お勝手に宮戸川の幸吉さんが見えているわ」

と知らせた。

「早かったな」

と答えた磐音が、

「殿が宮戸川の白焼きを賞味したいと仰せられたゆえ、こちらまで届けてもらいました。二人が金子と共に屋敷まで持ち帰ります」

と由蔵とおこんに説明した。

「老分どの、まことに造作をかけました」

と挨拶して伝之丈と秦之助が立ち上がると、由蔵が言った。

「お店で間違いなく金子を受け取ってくださいな」

伝之丈と秦之助が店に行き、磐音とおこんは台所に向かった。すると幸吉の他に松吉の姿まであった。

「おや、松吉どのも見えられたか」

大勢の女衆《おんなし》が働く大店《おおだな》の台所に入り、どこか落ち着かない風情《ふぜい》の松吉が、

「親方がさ、ついでのことだから、暑気払いに今津屋様にも白焼きを届けろって、おれに幸吉の供を命じられたんだ」

と言うとほっとした顔をした。

板の間には風呂敷包みが二つ並べてあった。

「浪人さん、こっちが殿様の分だ」

「ご苦労だったな」

「おれと松吉さんが人込みの両国橋をそっと運んできたんだぜ。あのお侍さんにさ、くれぐれも振り回して持って帰るなと重ねて言ってくんな」

「幸吉さんにかかると別府様も結城様も形無しね」

おこんが笑い、

「ついでにどう、幸吉さんが殿様の御前までお届けしたら」

「そうしてえくれえだが、おれは殿様とは昵懇《じっこん》じゃねえから遠慮しとくよ」

台所に結城秦之助と別府伝之丈が姿を見せた。

秦之助の懐が膨らんでいるところを見ると、関前藩の取り分の金子が収められているのだろう。

「小僧さん、ひと揺らしもしないように殿の御前までお届けいたす。親方によろしく伝えてくれ」

伝之丈が幸吉の言葉を聞いていたと見えて、にやりと笑いながら言った。

「おうさ、お侍さん方も懐に余裕があるときには宮戸川に鰻を食べに来てくんな」

幸吉は店を離れたせいか、生き生きとした深川言葉に戻っていた。

「薄給の身では確約もできぬがなんとか考えよう」

そう幸吉に言い残した伝之丈と秦之助が今津屋を出て、富士見坂の藩邸へと戻っていった。

それを見送った幸吉と松吉も、おこんに到来物をいろいろと持たされて両国橋の人込みに姿を消した。

磐音は由蔵らに諸々の礼を述べて最後に辞去しようと残った。

由蔵はすでに店の帳場格子の中に戻っていた。

「老分どの、こたびはほんとうに世話になりました」

磐音が帳場格子の外に正座して礼の言葉を述べると、

「改めて、なんですね。うちも思いがけなく商いをさせてもらいました。坂崎様に礼を申し上げねばならぬのはうちのほうですよ」

と真顔で言った。

おこんが、

「そうだ、唐人屋から高麗人参を買ってきてあるわ。お父上に文を添えて送ったら」

「有難いことにござる。ならばこちらで文を書かせてもらおうか」

と言う磐音に由蔵が訊いた。

「坂崎様、お腰がえらく軽うございますが、なんぞございましたので」

と脇差だけの格好を気にした。

「私もさっきから気になっていたの」

おこんも不思議な顔で磐音を見た。

「ちと事情《わけ》がございまして」

磐音は店を見回した。

昼下がりの刻限で店の中は客足も少なかった。

それは夕暮れ前の賑わいを前にした、一瞬の静けさだった。店仕舞いの直前は為替を送金する商人《あきんど》やら金銀相場を確かめに来た隠居、さらには銭を兌換《だかん》する露天商、棒手振《ぼてふ》りで混雑するのが通常だ。

磐音が大力おちかの一件を語った。

「なんとあの大雨の中、大太刀回りをなされたか」

いつものことと思いながらも呆れ顔の由蔵が目を丸くした。

「おちかどのに火鉢を投げられて灰まみれになった後、今度は大雨の泥濘《ぬかるみ》で転がり回る騒ぎで、なんとも無様なことであった」

「それで大事な刀を傷つけたってわけね」

「軽率至極、深く反省しているところでござる」

おこんの問いに磐音は悄然《しょうぜん》として答えた。

「研ぎ師は天神鬚の百助様なのね」

鵜飼百助を承知なのか、おこんが念を押した。

「さようにござる」

「さようにござるって、畏まっている場合じゃないわ。いい歳《とし》したお侍が脇差一本で表を出歩くなんて恥よ」

おこんの厳しい言葉に磐音は大きな体を小さくして赤面した。

「後見の商いは、勘定が合っているのやら合わぬのやら、私にはとんと理解がつきません」

帳場格子の隣の机の前で話を聞いていた筆頭支配人の林蔵《りんぞう》が口を挟んだ。

「まったくだわ」

と首肯したおこんが、

「大力一座からの礼金では刀の研ぎ料にもならないと思うわ。他人様の商いは上手なのに、どうして自分のこととなるとこうも損をするのかしらね」

とじれったいという顔で言い放ったものだ。

「おこんさん、世の中には損して得取れという言葉もござる。そのうちによいこともござろう」

「本人がこれだもの、力を入れようもないわ」

けらけらと笑った由蔵が、

「おこんさん、旦那様にこの話を伝えてくだされ。神保小路の佐々木道場の名にも関わることですからな」

と言った。

「あいや、研ぎが終わるまでのしばしの間です。お見苦しい姿はご勘弁くだされ」

おこんが奥に去り、磐音は父正睦宛てに書状を認《したた》め始めた。

磐音は、四半刻かけて書いた書状に、おこんが持ってきた高麗人参を一緒にして油紙で包み込んだ。

「あとで飛脚屋に届けに参ろう」

と独り言を言う磐音を、

「文は書いたの。旦那様がお待ちよ」

とおこんが呼びに来た。

磐音がおこんに連れられて奥座敷に行くと、

「表の用事はお済みになりましたか」

吉右衛門が、磐音が姿を見せるのを待っていたかのように言いかけた。

「今津屋どの、本日無事に奥州屋の荷の代金が為替にて届きまして、関前藩の取り分を頂戴いたしました。まことに有難いことにございます」

「それは重畳《ちようじよう》でしたな。こちらからもお礼を申します」

吉右衛門は磐音の格好を見た。

「旦那様、ごらんのように坂崎さんは、脇差だけで外歩きをなさっておられるのです」

と前置きすると、おこんは磐音が話したよりも十倍も面白おかしく、大力おちかの一件を報告した。

「坂崎様らしいお話にございますな。まさか助け出そうとした娘から反撃されようとは想像もなさいませんでしたか」

「男に惚れた娘はなにをするか見当もつかぬものです」

「感心している場合じゃないと思うけど」

と答えたおこんは主に向かって、

「御家人の研ぎ師鵜飼百助様は名人気質でございまして、納得のゆく仕事ができるまで、時に数月もかかることがございます」

「それは困った」

と磐音が思わず呟き、呼応するように吉右衛門が立ち上がって隣の部屋に行くと、鍵束を手に戻ってきた。

「坂崎様、ちょっとこちらへ」

と吉右衛門は廊下の奥へ磐音を案内した。

磐音が踏み込んだことのない今津屋の奥の院だ。

吉右衛門が案内したのは蔵の一つで、入口で行灯に灯《とも》りを点した。

どうやらそこは、普段使わない調度品やら器やら美術品を収納しておく蔵のようだ。

　その蔵の一階の奥まったところに刀簞笥《だんす》があった。

「うちは商家ですが、商売柄、刀剣の類で金子を工面してくれと願われるお屋敷もございます。請け出していただくとよろしいのですが、大半はお貸しした金子の代わりにかような品々が残る仕儀になるのです」

　吉右衛門が簞笥の引き出しを開けると、

「坂崎様、刀のよしあしは私どもには見当もつきません。坂崎様が働きやすいお刀を選んでお持ちください」

　なんと、と呟いた磐音は絶句した。

「おこんが案ずるように、坂崎様の周りにはいつも風雲が吹き荒れております。まさかの場合にお腰のものがないでは不覚を取ります」

「お心遣い、まことに恐れ入ります」

「坂崎様、それに先にお話し申し上げた一件、私が考えたよりも先方様が急いでおられます。その折りのためにも、少しでも手に馴染《なじ》んでおかれるのがよろしいでしょう」

　吉右衛門は豆州熱海の石切場行きが早まりそうだと言った。

「坂崎様、命がかかった差料にございます。この刀箪笥をご随意に引っ繰り返していただいて差し支えございません。一番よきものをどれでもお選びください」

「今津屋どのの仕事に差し支えるとなれば、心して選ばさせてもらいます。ともあれ、一時《いっとき》拝借いたします」

「今津屋吉右衛門の命を坂崎様にお預けするのです。借りた刀で命のやり取りができましょうや」

と言い切って、吉右衛門は蔵に磐音一人を残し、出て行った。

磐音は瞑目《めいもく》すると心を鎮め、刀箪笥の一段目から一振《ひとふり》目を取り出した。

鞘を抜いた剣は刃渡り二尺五寸七分の山陰道伯耆安綱《ほうきやすつな》の作で、反《そ》りは九分ほど、地鉄板目《じがねいため》も美しい逸品だった。刃文は小錵《こにえ》が付いた小丁子《こちょうじ》乱れがなんとも美しい。

どう見ても大名家が所蔵していた名刀だ。

磐音は改めて両替屋行司今津屋の底力を思い知らされた。

数多《あまた》の刀剣の中から磐音は使い慣れた包平の刃渡りに等しい刀を選ぶことにした。

二振目は備中国次吉《つぐよし》の作で、貞和《じょうわ》二年（一三四六）丙戌と作刀の年が刻まれていた。

刃渡りは包平と同じ二尺七寸と見た。

これまた地鉄小杢《こもく》が見事だった。

大名高家《こうけ》の持ち物だったことは間違いない。

時を忘れて磐音は刀に見入った。

磐音が長い時間をかけて選び出した一剣は、備前長船長義《おさふねながよし》が鍛造した刃長二尺六寸七分、反り五分五厘《りん》であった。

長義は世にいう正宗《まさむね》十哲の一人で、華やかな作風と身幅広目を得意とし、長刀などを鍛えた。

磐音が選んだ長義の刃は大互ノ目丁子《だいぐ》で大業物《おおわざもの》だ。

鍔は赤銅魚子地《しやくどうななこじ》に竹が配されて質実堅牢、黒刻塗打刀拵《くろきざみぬりうちがたなこしらえ》だ。

蔵を出るといつの間にか夕暮れが訪れていた。

蔵の前は玉砂利が敷かれた庭だ。

磐音は長義を腰に差し落とした。

両の足を開いて、右足を前に出し、腰を沈めた。

呼吸を整え、右手を躍らせた。柄にかかった手が大業物を一気に引き抜き、虚空に円弧を描かせた。一条の光が、

しゅっ
と音を響かせ、夏の薄暮を両断した。

一剣は虚空に撥《は》ね上がって、左右八の字に斬り分けられ、右転左転しながらも車輪に回され、右手一本に引き付けられた長義の切っ先の峰に左手が添えられて、
くるり
と反転した姿勢から突きが決まった。

磐音は何度も何度も繰り返して長義を抜き打ち、五感に違和がないことを確かめた。

磐音が選んだ剣を提げて座敷に戻ったとき、座敷には夕餉の膳が用意され、吉右衛門と由蔵がすでにいた。

「お好みの刀が見つかりましたかな」

「備前長船長義を選びましてございます」

「それは越前の大名家が長年所蔵していた逸品にございますよ」

「本来ならばそれがしの腰に納まる刀ではございませんが拝借いたします」

「先ほども申しましたが、借り物と思えば、踏み込み、打ち込みに迷いも生じましょう。これは本日ただ今より坂崎磐音様の差料にございます」

吉右衛門がその話題に蓋《ふた》をするように言った。

そこへおこんが宮戸川の白焼きを温め直して運んできた。

「あれだけ飛び跳ねれば喉も渇くでしょう。さあ、まず一杯」

おこんは磐音の試しを見ていたようだ。

「おこんさん、主どのを差し置いてそれがしからは恐縮でござる」

「いえ、私どもは坂崎様のおいでを待ちながらゆっくりやっておりました。遠慮なさらず、お飲みください」

吉右衛門が言い、

「それでは」

と磐音が受けた。

体を動かしたせいで京からの下り酒はさらに美酒に感じられた。

新しい刀を得た喜びがそれを倍加した。

「坂崎様、旦那様の熱海行きは数日後になろうかと思います」

「畏まりました。宮戸川の親方にお断りしておきます」

由蔵の言葉に磐音が応じた。

「その前に坂崎様を煩《わずら》わすことがあるやもしれません」

「いつでもお知らせください」

と答える磐音に由蔵が訊いた。

「品川様と竹村様はどうしておられます」

「二人も熱海へ同道いたしますか」

「坂崎様を入れて三人ならばまず大丈夫にございましょう、旦那様」

由蔵が吉右衛門に訊いた。

磐音は、道中の吉右衛門の安全のために磐音一人が同行するものと早とちりをしていた。どうやら熱海行きにはなにやら面倒が隠されているようだ。

磐音はそのことを念押しした。

「ちと事情がございます」

と由蔵が答え、意を汲《く》んだおこんがその場から消えた。

三人の内談は酒を酌み交わしながら一刻《いっとき》(二時間)以上も続いた。

三

おこんに送られて磐音が今津屋の通用口を出たのは四つ(午後十時)に近い刻

限だった。さほど酒をいただいたわけではないが、微酔が磐音に気まぐれを起こさせた。

いつも往来する両国橋ではなく一つ下流の新大橋を渡ろうと考えたのだ。

そのためには両国広小路西詰から大川右岸沿いに薬研堀《やげんぼり》に架かる難波橋を渡り、大名家の抱え屋敷や拝領屋敷が並ぶ大川端を下ることになる。

道は両国橋を渡って両国東広小路から町屋を抜けるほうがずっと賑やかだ。だが、新大橋を経由するほうが金兵衛長屋までの道は幾分短かった。

炎暑が続く江戸もさすがにこの刻限、大川から涼風が吹き上げて気持ちがいい。

浅草寺《せんそうじ》で打ち出す時鐘か、流れに四つを告げる音が響いてきた。

磐音は今津屋で主の吉右衛門と老分の由蔵に打ち明けられた豆州行きが先ほどから気にかかっていた。

二人の話に来年四月には将軍家治の日光社参があることを気付かされた。

日光社参は神君家康の墓参に名を借りて将軍家の威光を示し、三百諸侯の忠誠を見せる場でもあった。したがってどの大名家も同行しないわけにはいかない。

費用のかかる参勤交代を特別に行うようなものだ。

美作津山藩は来年に日光社参を控え、江戸城の石垣修復を命じられ、二重に物入りを強いられることになったのだ。

（気の毒に）

と考えつつ、豊後関前六万石の財政改革を推し進める父、正睦の体調に思いを致し、

（父上にまた新たな心労がのしかかるな）

と案じた。

豊後関前藩もまた物入りであることに変わりはない。

先ほど磐音が包んだ正睦への書状と高麗人参は、おこんが明日飛脚屋に頼むことになっていた。

右手は御三卿《ごさんきょう》一橋家の屋敷の塀が途切れ、常陸笠間《ひたちかさま》藩、陸奥《むつ》弘前《ひろさき》藩、駿河沼津《するがぬまづ》藩と中屋敷が続いた。さらに武蔵岩槻《むさしいわつき》藩の下屋敷に差しかかったとき、屋敷が連なる路地から一つの影が走り出てきた。

一文字笠を被り、旅仕度に身を固めた小柄な武士は背に道中嚢《どうちゅうのう》を負っていた。

武士は大川沿いの道の左右を見回し、磐音の姿に目を留めて、
ぎょっ
とした。だが、磐音が着流しに一人であることを認めると気を取り直し、下流

に向かって走り出した。

追っ手に追われているのか。

磐音は影を追うように新大橋へと向かった。

磐音から二十間ほど先を小走りに走っていた武士の足が止まった。小柄な五体が恐怖と緊張に包まれているのが磐音には窺えた。

武士は大川へと逃げ道を探すためか川岸に下がった。だが、そこは石垣の積まれた河岸で舟も舫《もや》われてはなかった。

一層小さく感じられる武士はきょろきょろと四方に逃げ道を探した。だが、もはや遅かった。

新たな影が一人、小柄な武士の前に姿を現した。

こちらは羽織袴、遠目にも大身旗本か大名家の重臣と見えた。

さらに五つ、六つと影が現れて、小柄な武士を半円に囲んだ。

だれもなにも言わなかった。

じりじりと半円が縮まり、頭分《かしら》を除いて剣を抜いた。

小柄な武士もまた抜き合わせた。

小太刀を得意とするのか、定寸よりも刀身が短く見えた。

無言劇に遠く新大橋の常夜灯がかすかに灯りを投げていた。

襲撃する一団からは殺意が感じられた。

明らかに逃走者を殺害する気配だ。

襲撃の一団から一人の大兵が突進して、小柄な武士がなんとか受けた。

だが、その一撃に腰が砕け、よろめいて構えが崩れた。

襲撃の一団は一気に襲いかかろうとした。

「お待ちあれ」

磐音が声をかけたのはそのときだ。

磐音をお節介に駆り立てたのはある予感だ。

凝然として襲撃者の頭分の武家が磐音を振り返った。

暑い盛りの季節に頭巾《ずきん》を被って面体《めんてい》を隠していた。

磐音は剣を構えた一団も勤番侍かと推測を付けた。

「事情は存ぜぬが多勢に無勢、ちと卑怯《ひきょう》にござらぬか」

「何者か、要らざる口出しじゃぞ」

「対岸の六間堀に住まいする者にござる」

「怪我《けが》せぬうちに去《い》ね」

頭巾の武家が横柄に言い放ち、片手を振って攻撃の再開を新たに命じた。

磐音は川岸に追い詰められた小柄な武士のそばに、
するり
と入り込んだ。

「慮外者が」

と吐き捨てた頭巾の武士が、

「構わぬ、こやつも一緒に始末せえ」

その命に、磐音は今津屋の刀簞笥から選び出したばかりの備前長船長義を抜いて、二尺六寸七分の刀身を峰に返した。

磐音の右隣に立つ武士も黙したまま小太刀を構え直した。

その動きから安堵の様子も窺えた。

襲撃団の一人が、

「こやつ、愚弄《ぐろう》しおって」

と吐き捨てた。

磐音が峰に返したことに侮辱されたと感じたようだ。

「慎吾、行け」

と仲間に命じ、阿吽《あうん》の呼吸で磬音の左手の長身の武士が八双《はっそう》の剣を振り下ろしながら突進してきた。

磬音はその場で応じた。

長身を伸び上げ、その反動で振り下ろす上段打ちを長義が受けた。すると懸河《けんが》の勢いで振り下ろされた襲撃者の剣が、真綿で包《くる》まれたように擦り合わされ、力が吸い取られた。

「な、なんと」

居眠り剣法の真骨頂だ。

次の瞬間、柔らかく押し戻された襲撃者の胴を長義が抜いて、仲間たちの前に転がしていた。

「おのれ！」

慎吾と命じた武士自ら磬音に突進してきた。

武士は磬音の体勢が乱れたと感じたか、小手斬りに剣を落としてきた。だが、磬音は胴を抜いた長義をすでに手元に引き付けており、小手斬りを合わせると軽く弾《はじ》いた。

反対に相手の体勢がその弾きで崩されていた。

峰に返した刀身が翻《ひるがえ》り、一歩踏み込んだ磐音の剣が胴を叩いた。

「不覚！」

叫びながら前のめりにつんのめった。

新手が二人、三人と磐音に襲いかかってきた。

乱戦になった。

磐音は大川を背にして横手に、前にと、狭い範囲を悠然と動きながら、襲撃者を次々に撃退した。

春風駘蕩《しゅんぷうたいとう》たる太刀捌きを見た頭巾が、

「一同、退《ひ》け！」

と退却を命じた。

襲撃者は仲間たちを引きずりながら屋敷町の路地の闇《やみ》へと消えた。

磐音は長義に素振《すぶ》りをくれると黒刻塗の鞘に戻した。そして、一団に襲われた武士もまた姿を消していることを確かめた。

（あの者、女性《にょしょう》と見たが……）

磐音は要らざるお節介に忸怩《じくじ》たる思いをしつつも、長義が己の手にしっくりと馴染んでいることに満足を覚えていた。

翌日、磐音は宮戸川からの帰りに北割下水の品川柳次郎を誘《いざな》い、一緒に同じ南割下水吉岡町の半欠け長屋に住む竹村武左衛門を訪ねた。すると妻女の勢津《せつ》が背に乳飲み子を負ぶいながら、洗濯物を干していた。

「おや、竹村家にはまた赤子がお生まれになったか」

柳次郎が驚きの声を張り上げた。

その声に振り向いた勢津が、

「品川様、貧乏所帯にございます。これ以上、身内が増えると家計に響きます。この子は長屋の方のお子ですよ。内職物を届ける間、お預かりしているのです」

「そうですよね。子供がもう一人増えると竹村家の台所は破綻する」

柳次郎が正直にそのことを案じた。

勢津が、

ほっほっほ

と屈託なく笑い、

「お二人お揃いでどうなされました」

と訊いた。

「坂崎さんが仕事を見付けてこられたのです。それで旦那の都合を訊きに来ました」

「それはご親切に」

乱れた髪の頭を下げた勢津が、

「武左衛門は三笠町の下総屋《しもうさや》様に働きに出ております」

「えっ、下総屋に働き口がございましたか」

「あちらにだいぶ米代が滞っております。もう付け買いは駄目だと番頭どのに断られました。そこで武左衛門が談判して、あちらで働かせてもらうことになりました」

「日当はいくらです」

「いえ、日当など出ません。一日力仕事をすれば三百文ずつ借金が減るだけの話です」

「因業だからな、下総屋は」

と柳次郎が嘆き、磐音が、

「下総屋にはいくらの滞りがあるのです」

「一両二分と五百文ほどです」

勢津が悠然と答え、柳次郎が、

「何日働いたのです」

「本日で三日目です。米俵を担ぐのはほんとうにしんどいと嘆いております」

「一日三百文ではまだ二十日近くもただ働きせねばならぬぞ。それでは今津屋の仕事に間に合わぬではないか」

と呻《うめ》いた。

「品川さん、下総屋に参りましょう」

「うちも付けが残っています。番頭がうんと言ってくれるかな」

心配する柳次郎を連れて、横川に寄った三笠町に向かった。

下総屋は、地蔵の竹蔵親分が一家を構える法恩寺橋の一本南に架かる長崎橋を西奥に入った表通りで、間口十二間の堂々たる構えを見せる米屋だった。

南割下水に面した店構えを前に柳次郎の腰は引けていた。

「この界隈の貧乏御家人の大半が下総屋から米を購っています。つまりはどこも借金があって、首根っこを押さえられているのです。それでもわれら御家人は年に三度雀の涙ほどの金が入るが、竹村の旦那のところはどこからも当てがないからな」

と柳次郎が言わずもがなの事情を磐音に説明した。

「番頭どのの名前はなんと申されますな」

「菊蔵《きくぞう》です。いえ、悪い人物ではありませんが、取り立ては厳しい」

柳次郎が答えたとき、

「柳次郎、坂崎さん、なんぞ朗報か」

と堀に止まった荷足舟から声が飛んだ。

見ると上半身裸の竹村武左衛門が、米俵を積んだ舟中でへたり込んでいた。顔は陽に焼けて真っ黒な上に無精髭《ぶしょうひげ》がだらしなく伸びていた。

「まるで冬眠から覚めた熊のようだな、竹村の旦那」

「熊か。雪が恋しいぞ」

と武左衛門が嘆いたとき、船着場の陰から縞木綿《しまもめん》の羽織に前掛け、算盤を手にした中年の男が、

「品川様、本日は付けのお支払いに見えましたので」

と言いかけた。

「わあっ、菊蔵さん」

柳次郎が突然の下総屋の番頭の出現に驚愕《きょうがく》し、慌てて答えた。

「いや、そうではない。うまい具合に仕事が貰えそうなので、竹村の旦那の身柄を引き取りに参ったのだ」

「ということは、竹村様の付けをきれいさっぱりお支払いになると」

「いや、旦那が仕事をした報酬で、こちらの付けを払うという段取りだ」

「品川様、冗談を申されてはいけません。だれがそのような口約束を信じますな。それでなくとも私の取り立ては厳しいのです」

「あれは仲間内の話だ、本心ではないのだ」

「いいえ、竹村様の付けをなんとかしていただかないとお引き渡しできません」

武左衛門が、

「柳次郎、致し方ない。それがしが下総屋でただ働きをして、わが竹村家が飢え死にすればよいことだ」

と泣き言を言った。

「人聞きが悪うございますな。ただ働きをするとおっしゃったのはどこのどなたです、竹村様」

「番頭どの、そ、その、それがしだ」

「そうでございましょう。うちは米俵さえまともに担げぬお侍を雇いたいものですか。その上、あちらが痛い、こちらが痛いと、力を抜くことばかり考えておられる」

「えらいしっぺ返しがきた」

磐音は船着場に下りた。

「番頭どの、ちと相談がござる」

「なんでございますな」

「手持ちは一両しかない。この一両で竹村どのの身柄を放免してもらえぬか。近々両替商の今津屋で頼まれ仕事をすることになっておるゆえ、それなりの金子にはなろう。残りはこたびの仕事の給金を充てる。それがしが約定いたす」

磐音は、大力の千太郎から娘おちかを探し出した代金に貰った一両を差し出した。この一両、包平の研ぎの代金に半分、残りを柳次郎の働き賃にとっておいたものだが、背に腹は替えられなかった。

「これは驚きました。竹村様にも一両を投げ出す友がおられましたか」

「助かった」

と叫んだ武左衛門が肩脱ぎした仕事着に腕を通した。

「いかがでござろうな」

「お名前をお聞きいたしましょうかな」

「六間堀の金兵衛長屋に住まいいたす坂崎磐音と申す」

「坂崎磐音様」

と言いながら頷いた菊蔵が、

「今津屋さんの仕事はいつからですか」

「五、六日先のこととなろう」

「ならばこうしましょう。竹村様は今津屋さんの仕事まで約束どおりうちで働く。今津屋さんの仕事の日程が決まれば、すぐに放免いたします」

磐音が武左衛門を見た。

「番頭、殺生を申すでない。それがし、まだ労役をなさねばならぬのか」

「竹村様は信用がおけませぬ。本日から放免となられれば、どこぞで酒を酔い食らい、また借金を重ねられます。うちで働いていたほうが日給分、付けが減り、酒も飲まなくてよい」

「それは確かだぞ、竹村の旦那」

柳次郎がにんまりと笑った。

「くそ、柳次郎のやつめ、こっちの気も知らずに」

武左衛門が悪態をつくのを横目に磬音が、

「番頭どの、それがしもよき考えと存ずる。ただし、本日は下相談もござるゆえ、これより竹村どのの身を預かれぬか」

「坂崎様のお人柄を信じましょう。今、一両の受け取り証文を書いてお渡ししますぞ」

菊蔵が答えるが早いか、武左衛門が荷足舟から河岸に飛び上がった。


三人は地蔵蕎麦の二階で向き合った。

「親分、おれに茶碗《ちゃわん》で酒をくれぬか」

席に着くか着かぬかのうちに武左衛門が叫んだ。

「もうこれだ。旦那、酒で身を滅ぼすぞ」

柳次郎が注意したが武左衛門は、

「炎天下、米俵を担いでみよ。身を滅ぼす前に身が持たんわ」

と嘯《うそぶ》いた。

竹蔵が苦笑いして、階下に酒の注文を通した。

「品川さん、竹村さん、こたびの仕事だが、豆州熱海まで今津屋どのに同道する話です」

「両替屋の旅に、われら三人が要るわけがあるのですか」

「品川さん、それは今は言えぬ」

磐音の答えに武左衛門が、

「柳次郎、さようなことはどうでもよいではないか。両替屋行司の供だ、旨い物を食べて美味《うま》い酒が飲める上に給金だ。これ以上の文句があるか」

と満足げな笑みを陽に焼けた顔に浮かべた。

「竹村さん、品川さん、給金は一人一日一両、仕事をうまくしおおせれば応分の褒賞《ほうしょう》が出ます」

「坂崎さんの仕事は破格の実入りだ。たまらんな」

「竹村さん、一つ約束してください。御用が済むまで酒は御法度です」

「なにっ、そんな酷な話があるか」

「約定できぬとあらばこの話はなしです」

そこへ茶碗酒が運ばれてきた。

ごくり
と喉を鳴らした武左衛門が酒を愛おしそうに見詰め、しばし迷い顔で考えた後、

「相分かった！」

と叫ぶと、

「今日だけは好きに飲ませてくれ」

と茶碗を摑んだ。

四

金兵衛長屋に戻ったとき、五つ（午後八時）の刻限に近かった。

地蔵蕎麦で竹村武左衛門がほろ酔いするまで付き合い、柳次郎、武左衛門と別れた後、ようやく長屋に辿りついた。

障子戸が二寸ばかり開いていた。

だれか訪問者があったかと磐音は考えながら戸を開いた。

上がりかまちに油紙に包まれた細長いものが置かれ、かたわらに文が添えられていた。

磐音は行灯に灯りを入れた。

文の宛名は坂崎磐音様とあったが、その女文字に心当たりはなかった。

蚊が飛ぶ音を気にしながら封を披《ひら》いた。すると書状と紙包みが出てきた。紙包みはどうやら小判のようだ。

〈坂崎様　昨夜は危うき処をお助け頂き、真《まこと》に有難う御座いました。お住まいが六間堀とお聞きし、厚かましくもお長屋を探し当てましてお訪ねいたしました。

それがし、因幡鳥取《いなばとっとり》藩の小姓織田《おだ》兵庫助《ひょうごのすけ》と申す者に御座います。

昨夜の騒ぎは、国表《くにおもて》より御遣い御用の為に上府致したそれがしの持参せし密書を強奪せんと、藩内の一部の家臣が企てたものに御座います。

かような鳥取藩の内紛を見ず知らずの坂崎様に申し上げ、不審にお思いかと推測致します。ですが、ただ今の藩政を良からぬものと考える家臣たちの暗躍著しく、それがし自藩の江戸屋敷に近付くことすら出来ませぬ。

聞く処によりますと坂崎様は世の為人の為に諸般御用を務められるとの事、真に以て厚顔なお願いながら、それがしに代わって江戸藩邸御側《おそば》御用人安養寺《あんようじ》多中《たちゅう》様直にこの包みをお手渡し頂きたくお願い申し上げる次第に御座います。

鳥取藩三十二万石の命運を左右する大事な書状に御座います。また早急に安養寺様のお手元に届く事が肝心に御座います。かように大事なものをほとんど存じあげぬ坂崎様にお預けする不審重々承知なれど、他に方策も思い付かず、一期一会の縁に縋《すが》りましてお願い申し上げる次第に御座います。

尚、坂崎様のお人柄はこの界隈の住人に聞き及び、信頼にたるお方と信じまして御座います。

本来ならば坂崎様にご面談の上お願い申すべき処なれど、事情が御座いまして面会叶いませぬ。不躾《ぶしつけ》千万なる方策を以ての依頼、それがしの苦衷《くちゅう》お察しの上お願い申し上げます。

同封の五両は御用賃に御座います。

些少《さしょう》とは存じますがお納め下されば幸甚に存じます　織田兵庫助〉

昨夜、金兵衛長屋に辿《たど》り着いたとき、たれぞに見られているような感じを受けたが、あの女侍であったかと納得した。

それにしても鳥取藩三十二万石を揺るがす大事な書状を他人に預ける軽率と大胆さに磐音は呆れた。つくづく、

（お節介はするものではないな）

と思った。

気持ちを鎮めるために水甕《みずがめ》に柄杓を突っ込み、水を飲んだ。

確かに新大橋の袂《たもと》には鳥取藩の中屋敷がある。

あの女侍、当の中屋敷を訪れ、反対派に捕まったのであったか。

背に腹は替えられず磐音に望みを託したもののようだ。

磐音には鳥取藩の藩主が池田家という程度の知識しかなかった。どうやら藩の内紛に絡んだ書状のようだが、えらい騒ぎに巻き込まれたものだ。

迷惑千万と油紙の包みを見た。

だが待てよ、相手は磐音のことを深川暮らしのなんでも屋と思い込んでいるのだ。ならば仕事が一つ舞い込んだと思えば気も楽になった。それにこのところ、手元不如意で刀の研ぎ代を工面する要もあった。五両あれば柳次郎の手間賃も払え、竹村家の家計をいくらか助けることもできる。

そう思い直した磐音は就寝の仕度をした。


翌日、宮戸川の仕事を終えると六間湯に立ち寄り、鰻の生臭さを洗い流してさっぱりした。長屋に戻り、夏小袖《こそで》に着替えた。

菅笠を被って金兵衛長屋の木戸を潜ろうとすると金兵衛が、

「お出かけですかな」

と顔を覗かせた。

「今津屋まで参ります」

「おこんに、時には顔くらい見せろと伝えてください」

と先日来と同じ言葉を吐いた。

「そういえば、昨日、この界隈で坂崎様のことを聞き歩く若侍がおりましてな。私の睨んだところあれは女侍です」

金兵衛も見通していた。

「仕事の依頼でした。上がりかまちに仕事の内容と礼金が置いてありました」

「ほう、日頃の坂崎さんの仕事振りが認められた証《あかし》ですな」

「なんでも屋を開業しているつもりはさらさらないのです。全く迷惑な話です」

「坂崎さん、お顔を見るに、女難の相が現れております。気を付けたほうがいい」

「金兵衛どのは八卦《はっけ》も見られるか」

「年寄りは森羅万象悉《ことごと》く見立てますぞ」

と磐音の顔を覗き込む金兵衛に別れを告げた。

今日も江戸の空には雲ひとつなかった。

じりじりと照りつける炎暑が居座っていた。

心持ち人の往来の少ない両国橋を渡って今津屋を訪ねた。すると昼餉の刻限で、店には奉公人の数がいつもより少なかった。交代で食事をするためだ。

「おや、あちらの話ならばまだ目処が立っておりませんが」

と老分番頭の由蔵は、一昨日訪ねてきたばかりの磐音を訝《いぶか》しんだ。

「そうではございませぬ。ちと老分どのの知恵をお借りしたいことが出来《しゅったい》しましたゆえ参りました」

「ならば台所で昼餉を食しながら伺いましょう」

「お願いいたします」

磐音が広い店を見回すとどことなくのんびりしていた。

「暑さのせいで客が朝と夕暮れに集中するのです」

由蔵が言ったとき、筆頭支配人の林蔵が、

「老分さん、お先にいただきました」

と台所から姿を見せ、

「おや、後見もお見えでしたか」

と話しかけた。

「林蔵どのも相変わらず堅固のご様子、なによりです」

「体だけは頑丈にできております」

林蔵が由蔵に代わって今津屋の店の帳場格子に座った。

そこで由蔵と磐音は台所に向かった。

昼餉の菜は鰺《あじ》の開きに油揚げと切干し大根を煮たもののようだ。

「あら、来てたの。荷物は関前に送ったわよ」

「造作をおかけ申した」

おこんは頷きながら、素早く膳の用意をおつねに命じた。そして、自ら茶を淹れた。

「また何事か坂崎様の周辺に出来したようですぞ、おこんさん」

由蔵が磐音の訪問の理由を推測しておこんに告げた。

「なにがあったの」

「お節介はするものではないと、つくづく反省しているところです」

磐音は一昨夜の騒ぎから昨日届けられた文のことを、藩名など伏せて差し障りのない経過だけを告げた。相談するにはある程度話す要があったからだ。

「どてらの金兵衛さんが、坂崎さんに女難の相があるとご託宣したのね」

自分の父親のことをおこんはこう呼んで、磐音に質《ただ》した。

「女難もなにも話したとおりです。それがし、旧藩の騒動だけで十分走り回らされておる。他藩の内紛に首を突っ込みたくはござらん」

「で、どうだったの、その女侍」

「どうだったとは、どういうことにござるか」

「若かったの、美形だったの」

「おこんさん、そんな余裕はござらぬ。あちらは勝手にこちらを巻き込んでおいて、なんでも屋と誤解しておる。それだけの話です」

「ふーん」

と鼻で返事したおこんが、

「まあ、そういうことにしておくわ」

と言うと、用意された膳を由蔵と磐音の前に並べた。

男の奉公人が慌ただしく昼餉を終えて店に戻った後、台所では女たちの食事が始まった。だが、由蔵と磐音が対面する所からは遠く離れているので話を聞かれる心配はなかった。

おこんが甘いもの好きの由蔵のために水羊羹《みずようかん》を出してくれた。磐音も相伴に与った。

「坂崎様、その女侍の大名家はどちらですな」

由蔵に尋ねられ、磐音は詳細を明かすことにした。

「因幡鳥取藩池田様のご家中にござる」

「当代は池田相模守《さがみのかみ》重寛《しげのぶ》様にございますな」

と即座に由蔵が言った。

「因州《いんしゅう》池田家は元々備前岡山藩が領地でした。それが寛永《かんえい》九年（一六三二）でしたかな、岡山藩主の池田忠雄《ただかつ》様が死去なされたとき、勝五郎《かつごろう》光仲《みつなか》様はわずか三歳の幼少、幕府は『備前は手先の国なれば、幼主では叶うべからず』と鳥取の池田光政《みつまさ》様の従兄弟《いとこ》同士でお国替えを命じられた土地柄です。そこで鳥取藩の藩祖は光仲様と呼ばれております。このお国替えの折り、幼君改易の噂も飛んだそうです。ですが、筆頭家老の荒尾《あらお》成利《なりとし》様らが奔走なされて、鳥取藩三十二万石は安堵された経緯《いきさつ》がございます。光仲様がご成長なされて親政をお布きなさろうとしたとき、老臣の荒尾様とぶつかることが多くなり、岡山の池田光政様、酒井《さかい》忠勝《ただかつ》様、紀州の徳川頼宣《よりのぶ》様が支持なされて、光仲様の藩主権が確立され、老臣の荒尾成利様は罷免《ひめん》の上、隠居させられました……鳥取藩に騒ぎが再燃したとしたら、藩主と老臣荒尾一族の対立にございましょうな。これは関わりにならぬほうがいいが

「……」

と言い切った。

「老分どの、今津屋どのは鳥取藩と関わりがございますか」

「なくもございませぬ」

「当代の重寛様はどのような藩主にございますか」

「うろ覚えながら、確か延享《えんきょう》四年（一七四七）にわずか二歳で藩主の座に就かれたお方にございます。年齢《とし》三十に達したか達しないか。就位なされて二十八年の長きにわたり、藩政に参与してこられた殿様にございます」

「先ほど老分どのは、鳥取藩に騒ぎが再燃するとしたら、藩主と老臣荒尾一族の対立と言われましたな。ただ今も罷免された荒尾成利様の末裔《まつえい》が重臣におられますのか」

「荒尾一族は藩主池田様の外戚にございまして、ただ今も重寛様後見の名目で荒尾成熙《なりひろ》様が藩政の実権を握っておられます。ともあれ、この数十年、国許では一揆《いっき》が頻発して、藩財政は危機に瀕しているとか」

と答えた由蔵が磬音に訊いた。

「坂崎様は御側御用人の安養寺多中様に書状を届けたいと考えておられるのです

な」

「老分どのは安養寺様をご存じですか」

「承知しております」

と由蔵が答えた。

「女侍がどちらに与《くみ》して働いているか存じませんが、それがしを信頼してかような手立てを講じた次第。届けられるものならばお届けして、さっぱりとしたい心持ちです」

「女侍は名乗りましたか」

「文には織田兵庫助と書いてございます。但し本名か偽名か見当も付きませんが」

「池田家には着座と呼ばれる名家十家がございます。荒尾、鵜殿《うどの》、和田《わだ》、乾《いぬい》などです。その次の格式が着座十家の次男に生まれた大寄合四家、荒尾、鵜殿、津田、そして織田が含まれております。ひょっとすると……」

としばし由蔵が考えた後、

「旦那様にご相談申し上げて参ります」

とその場を立った。

おこんが溜息《ためいき》をついた。

「どうして坂崎さんの周りには厄介ごとが次から次と生じるのかしら」

「それがしもとんと分からぬ。やはりお節介がすぎるのかな」

「間違いなくお節介よ」

と断定したおこんが、

「でも、ひとりが大勢に襲われているところを見過ごせるような坂崎磐音じゃないものね。それがいいところなんだけど……」

とまた溜息を一つついた。

由蔵と吉右衛門の話し合いは四半刻も続き、台所に姿を見せた由蔵が、

「おこんさん、坂崎様の頭を町人髷《まげ》に結い直して、番頭風の衣装に着替えさせてくださいな」

と命じた。

「老分さんのお供といった格好でいいですか」

「それで構いません」

由蔵は店に戻り、磐音は台所の板の間でおこんの手を借りて髷を結い直すことになった。

由蔵を乗せた駕籠のお供で番頭風に装いを変えた磐音と小僧の宮松が付き添い、因幡鳥取藩の上屋敷に向かったのは、七つ（午後四時）の頃合いであった。

鳥取藩の上屋敷は鍛冶《かじ》橋内八代洲河岸《やよすがし》にあった。

門前で駕籠を降りた由蔵は門番に御側御用人安養寺への訪いを告げた。

「町人、御用人様とは約定ありや」

「はい、ございます。米沢町の両替屋行司今津屋の老分由蔵が参ったと、しかとお伝えくださいませ」

と由蔵が言い切った。

玄関番の若侍にその意味が告げられ、玄関番が奥へと消えた。

しばらく待たされた後、玄関番が姿を見せて、

「今津屋、急用であろうな」

と念を押した。

「はい。ご当家にとって大事な話にございます」

「ならば通れ。じゃが、ただ今、火急の談合ありて御用人様も出席しておられる。じばし待つことになろう」

「構いませぬ」

駕籠が敷地に入れられ、宮松はその場に残った。

奥には由蔵と磐音が通った。

さすがは国主大名三十二万石の上屋敷だ。豊後関前藩のそれとは比較にならぬくらいに広く、普請も粋を極めていた。

磐音は屋敷全体が強い緊張に包まれていることを察した。それが、一昨夜の騒ぎに関わるものかどうか、推測がつかなかった。

廊下を幾曲がりもして御側御用人安養寺多中の御用部屋の前に辿り着いた。

二人はその御用部屋に入れられ、それから一刻(二時間)も待たされることになった。

「待たせたな」

と疲れきった表情の安養寺が姿を見せたとき、すでに部屋には行灯の灯りが点されていた。

安養寺は四十歳くらいか。由蔵から磐音に視線を移した。

「初めて見る顔じゃのう」

「さよう、うちの奉公人ではございません」

由蔵の答えに安養寺がうーんと訝しい顔をした。

「どういうことじゃ」

「本日は今津屋の御用に非ず、こちら様の御用にございます。安養寺様、織田兵庫助様と申される方にお心当たりはおありですか」

由蔵の問いに驚愕した安養寺が、

「そなた、なぜその名を」

「安養寺様、一昨夜、新大橋近くの河岸で、織田兵庫助様と思しき侍が数人の武家に襲われました」

「しゃっ！　なんとしたことか」

安養寺の顔色がわずかな間に驚愕から強い不安へと変化した。

「して、織田は殺されたか」

「ご安心くださいませ。本日、同道したこの者が助けましてございます」

「なんと」

と磐音を見た安養寺が、

「そなた、武士か」

と訊いた。

磐音は金兵衛長屋に届けられた油紙包みを懐から出すと安養寺に差し出した。

急ぎ油紙を解いた安養寺の顔に、

ぱあっ

と喜色が浮かび、

「そなた、これをどのように入手なされたか」

磐音は大川端の騒ぎと、長屋に届けられた油紙包みと織田兵庫助の指示を掻い摘んで説明した。

「天の助け」

と洩らした安養寺は、

「暫時《ざんじ》待たれよ」

と言い残すと足早に御用部屋から去った。

安養寺が戻ってきたのは半刻《はんとき》（一時間）後で、連れがあった。

「これは和田様」

由蔵が言い、磐音に、

「鳥取藩江戸家老和田参左衛門《さんざえもん》様です」

と告げた。

磐音は、上目遣いに人の心の中を覗き込むような和田の眼差《まなざ》しに、なにやら油断のならぬものを感じた。

「今津屋、助かった。本来ならば事情を話すべきやもしれぬ。じゃが、藩内の揉《も》め事、事情を察してもらいたい」

「ご家老、お届け物が役に立ちましたか」

「礼の言葉もない。いずれ改めて礼に伺わせる」

「さようなことはご放念ください。それでは私どもはこれにて失礼申します」

由蔵と磐音は鳥取藩の御用人の部屋から玄関へと戻り、

「宮松、待たせましたな」

と小僧を労った由蔵が駕籠の人になった。

門番に火を貰い、宮松が用意の提灯《ちょうちん》に灯りを点した。

駕籠は鍛冶橋から五郎兵衛町を抜け、東海道から日本橋に出た。

夕涼みの人々がまだ橋の上にいた。

五つ半(午後九時)前だろうか。

三人とも鳥取藩の屋敷で茶一杯も供されていなかった。

宮松の腹が、

ぐうっ

と鳴るのを磐音は聞いた。

駕籠は近道をして、魚市場の河岸から荒布橋《あらめばし》へ抜けようとしていた。

灯りが魚の匂《にお》いがする芝河岸を照らした。

人影が急に途絶えて、辺りは寂しくなった。

江戸一朝が早いのが魚河岸だ。

中河岸から地引河岸に進むと闇が深まったようだ。

背後に足音が響いた。

磐音は日本橋川を背に駕籠を止めさせ、そのかたわらにしゃがんだ。

思わぬ展開に呆然と立ち竦《すく》む宮松を、

「宮松どの、こちらへ」

と駕籠の脇に呼び寄せた。

顔を覆った十人ほどの武士が、沈黙のまま駕籠を半円に囲んだ。

「駕籠の主は両替屋今津屋の老分番頭由蔵にございます、お間違いではございませんか」

一統はその言葉にもなんの反応も示さず、剣を抜いた。つまりは由蔵と磐音が狙いだった。

磐音は鳥取藩の内紛のどちらの派が刺客を送ってきたか、考えていた。

「坂崎様、これを」

駕籠の垂れが上げられ、備前長船長義が差し出された。

磐音が受け取り、由蔵が、

「どなたの指図か存じませんが、恩を仇《あだ》で返すとはこのことにございますな」

と憮然として吐き捨てた。

「坂崎様、情をかけてもなにも感じぬ輩です。存分に暴れてください」

「承知つかまつった」

磐音はゆっくりと立ち上がりながら長義を腰の帯に差し、半円の襲撃者を見回した。

この夜、磐音は居眠り剣法を捨てた。

由蔵と宮松、駕籠かき二人に怪我をさせることはならなかった。

殺気が左手から来た。

その瞬間、磐音は踏み込みざまに長義を抜き放った。

二尺六寸七分が一条の光になって襲撃者の脇腹をかすめ斬り、呻き声を上げて倒れる相手のかたわらを走り抜けた磐音は右手に飛び、二人目の肩に長義を落としていた。

町人姿の男の手練《てだ》れに虚を突かれたか、攻撃をやめた。

「湯浅《ゆあさ》、なにをしておる。相手は一人だぞ」

闇から怒りの声が上がり、乱戦が再開された。

磐音が再び駕籠の脇に戻ったとき、四人が戦いの輪から離脱して、地面のあちこちで呻吟《しんぎん》していた。

「鳥取藩江戸屋敷の面々に申し上げます」

駕籠の中から由蔵が、

「そなた方が相手をなされているお方は、神保小路直心影流佐々木玲圓門下の秘蔵の一番弟子にございますぞ。そなた方が束になってかかられても勝負になりますまい。これ以上、怪我人を出さぬうちに引き上げなされ」

と大仰《おおぎよう》に宣告した。これ以上の怪我人を出したくないと由蔵も考えたからだ。

だが、襲撃者たちは無言のまま動かなかった。

「闇に潜んでおられるお方に申し上げます。今宵《こよい》の付けはちと高くつきますぞ。覚悟しておいでなされ」

由蔵の脅《おど》しの言葉に闇が揺れた。

「参ろうか」

磐音が駕籠かきに言い、

「宮松どの、それがしの脇を離れるでないぞ」

と命じながら、駕籠を警護して荒布橋を渡った。

だが、襲撃者たちは地引河岸から動こうとはしなかった。

駕籠の中から由蔵の、

「古狸《ふるだぬき》め」

という言葉が洩れたのを磐音は聞いた。

第三章　朝靄根府川路

一

南町奉行所年番方与力笹塚孫一は、供侍が主人の帰りを待ち受ける控え部屋に通された。

鍛冶橋内八代洲河岸の因幡鳥取藩江戸屋敷だ。

南町奉行所のある数寄屋《すきや》橋から遠くはない。だが、鳥取藩と奉行所との結びつきが強いのは北町で、南町とは馴染みがなかった。

江戸の大名諸家では家臣が不祥事を起こしたとき、内々に事を済ませるためにどこも出入りの町方を決めていた。

むろん笹塚は身分職階を名乗り、御側御用人安養寺多中に、

「御用」

のことありて面会したしと取次ぎの家臣に告げていた。

だが、忘れられたように半刻（一時間）、一刻（二時間）と放っておかれた。

それでも、南町の知恵者として知られる五尺そこそこの体に大頭の主は、御側御用人が姿を見せるのを平然と待った。

玉砂利が敷かれた庭には今日もじりじりと江戸を焼き尽くすような、白い光が落ちていた。それが陽の移動とともに長く影が伸びて、ついには庭全体を影が覆った。

笹塚孫一がまだ控え部屋にいることに気付いた玄関番の侍が慌てて奥へと取次ぎに行った。

笹塚はこのような譜代《ふだい》大名の扱いには慣れていた。

「不浄役人が金子でもせびりに来た」

と考えているのだ。だが、この扱いが、

（高くつく）

と笹塚は肚の中でせせら笑っていた。

ようやく足音が廊下に響いて、池田相模守重寛の御側御用人安養寺多中が姿を

見せて、

「お待たせいたした。ただ今当家では火急の御用頻発し、その応対に追われておって、なかなか時間《とき》が取れぬのだ。悪く思われるな」

「なんのなんの、約定もなく訪れたは当方にございます。お気に召されますな」

「御用とはなにかな」

安養寺多中は早々に町奉行所与力を追い返したくて、早速訪問の理由を訊いた。

「こちらの家中に湯浅景満《かげみつ》どのと申される家臣がおられますかな」

「湯浅は御役徒《おやくと》におるが、それがどうかしましたか」

鳥取藩独特の呼称で、下級の家来で諸役所の役人に命ぜられるものを御役徒と呼んだ。

「本日、御用部屋に出仕なされておられましたか」

「そなた、町奉行支配下と申したな。当家は国主三十二万石の大名家、町奉行支配下の役人にあれこれ詮索《せんさく》される覚えはないが」

安養寺の語調はまだ柔らかかったが、にべもない拒絶を含んでいた。

「安養寺様、重々承知で伺っており申す。お調べいただきたい」

笹塚は平然と応じた。

しばし笹塚の顔を見ていた安養寺は手を叩くと控え部屋の家臣を呼び、

「目付をこちらに」

と命じた。

早々に黒羽織の目付が姿を見せた。がっちりとした体軀《たいく》で手に竹刀《しない》だこが盛り上がり、並々ならぬ腕前と想像された。

「古田村《こたむら》、こちらは南町奉行所の方じゃが、湯浅景満が本日奉公しておったか尋ねておられる。町方に詮索される覚えがあるか」

目付の顔色が、
さっ
と変わり、安養寺の側に膝行《しっこう》して寄ると、耳元に何事か囁《ささや》いた。

安養寺の顔が引き攣《つ》ったのも笹塚には見えた。この様子から見て、御側御用人は事態を承知していなかったと推測された。

笹塚は目の前の二人の狼狽《ろうばい》と困惑を見て見ぬ振りをしながらも、平然として観察していた。

ようやく平静を取り戻した安養寺が笹塚に視線を戻し、

「湯浅になんぞ御用か」

と問うた。

「昨夜四つ（午後十時）前のことにござる。当奉行所の夜廻りが、日本橋の地引河岸にて町人の乗った駕籠を襲う武家の集団を目撃いたしました。騒ぎは一瞬のことゆえ、助けに入れずじまいでござった。だが、なんと町人一人に四人の武家たちが怪我を負わされ、その一部始終を目撃した次第にござる。公方様《くぼう》のお膝元《ひざもと》での狼藉《ろうぜき》、町奉行所として見逃しにはでき申さぬ。襲われた側、襲うた武家集団を、われら夜廻りは二手に分かれて尾行し、その戻った先をそれぞれ突き止めました」

なんと、と驚愕の声を洩らした安養寺が思わず、

「襲われたのはたれか」

と狙われた側のことを気にした。

「米沢町の両替屋行司の老分番頭由蔵の一行にございました」

「な、なんということじゃ」

「安養寺様、われら、今津屋に事情《わけ》を問い合わせましたところ、確かに由蔵外出はいたしましたが、どこに参ったか、道中なにがあったかは答えられず、との返答にございましてな。われらとしては一応こちらにお尋ねに上がった次第にござ

る」

　と言葉をいったん切った笹塚が、

「われら、駕籠屋から、今津屋の由蔵がどちらに参ったか、だれに会ったかおよそのところを推量してござる」

　困惑の体《てい》の安養寺が思わず、

「与力どの、襲うた者どもが当家の者と申されるか」

　と訊いていた。

「はて、それは」

　と顎を片手で撫《な》でた笹塚が、

「われら役目柄、怪我人を連れた一統を見逃すことはござらぬ。とは申せ、鳥取藩を騙《かた》る者どもとの不審もあるゆえ、多忙な時間を割いてかような問い合わせに参った次第」

　笹塚は小さな体の胸を張り、大頭を振りたててみせた。

「そ、それは恐れ入った次第にござる」

「安養寺様、夜中に麹町《こうじまち》の外科医里村道庵《さとむらどうあん》どのが呼ばれたこともわれら承知しておる」

「…………」

　安養寺は返答に窮した。するとそれまで黙って問答を聞いていた目付古田村次《じ》右衛《え》門《もん》が、

「与力どの、本日の訪問の真意は那《な》辺《へん》にござるか」

　とずばり訊ねてきた。

「目付どの、それがし、町奉行所役人の職分を心得ており申す。大名家に要らざる口出しなど無用ということもな」

「じゃがこのように訪ねて参られた」

「さよう、多忙な中をこうして訪問し、無為な時間を二刻（四時間）も費やしてしもうた。それは偏に、御《ご》府《ふ》内《ない》を騒がす些《さ》細《さい》な事柄にも耳目を欹《そば》てることがわれらの役目ゆえにござる。また来年の公方様の日光社参を控え、特に警戒せよとの幕閣からのお達しもござれば、かく足を運び申した。当家に不都合ないと申されるならば、それがし、これにて引き上げるまででござる」

「それはご苦労にございました」

　と答えた目付は再び御側御用人とひそひそ話し合った。

「与力どの、昨夜、行き違いから小競り合いが生じたようじゃ」

「相手は今津屋にござるな」

安養寺の言葉にずばりと笹塚が念を押して切り込んだ。いったん言葉に窮した安養寺だが、

「いかにも今津屋にござる」

「相分かり申した」

「お分かりいただけたか」

「お案じめさるな。こたびの一件、それがしの胸に留め、奉行牧野《まきの》成賢《せいげん》には上申いたさぬ所存にござる」

笹塚は言外に、大名家を監督糾弾する幕府大目付には上げぬと答えていた。

「但し、これ以上御府内での騒ぎは困りますぞ」

と釘《くぎ》を刺した笹塚孫一は痺れる足を気にしながら立った。

その様子に目付が御側御用人の耳に再び何事か囁いた。

笹塚孫一が池田家の内玄関まで戻ったとき、目付の古田村が、
すいっ
と背後に歩み寄って、

「本日はご苦労に存じました。お駕籠代にございます」

と笹塚の袂に袱紗《ふくさ》包みを落とし込もうとした。

笹塚孫一の手が相手の手を押さえ、

「それがし、役目柄参上いたしたまでにござる。古田村どの、かようなことは当家の後ろめたい肚を探られることと相成り申す」

とぴしゃりと拒むと、
にたり
と目付に笑いかけ、式台を降りた。

五尺そこそこの小さな体に大頭という笹塚孫一を見送る目付古田村次右衛門の目が光り、

「くそっ、不浄役人めが」

という罵《のの》りの声が洩れた。

八代洲河岸に出た笹塚孫一を待ち受ける影がいた。

着流しに両刀を差し落とした坂崎磐音だ。

「無事のご帰還おめでとうございます」

「手間を取らせたわ」

と笹塚孫一が嘯《うそぶ》いた。

磐音は由蔵と相談の上、南町の知恵者与力笹塚孫一にこの一件を諮《はか》った。

近々今津屋吉右衛門の供で磐音は豆州熱海に出向かねばならない。

留守の間に鳥取藩が理不尽にも再び由蔵や今津屋を襲うことを案じて、一計を企てたのだ。

いくら鳥取藩三十二万石とはいえ、町奉行所が御府内の騒ぎを把握し、目を光らせていると告げ知らせれば、次の行動は差し控えるとの読みからだ。

「御側御用人どのは昨夜の襲撃をご存じないように見受けられたな。だが、藩邸の動きに目を光らせる目付は承知していた。帰り際に十両ばかり包んだ袱紗を渡そうとしやがった」

笹塚が伝法《でんぽう》な言葉遣いで言い放った。

「受け取りになられましたので」

「坂崎、小僧の使いではないわ。十両ほどの目腐れ金に手を出すものか」

笹塚孫一が切れ者、知恵者といわれる所以《ゆえん》は大胆な金集めにあった。騒動で押収した金銭の一部をそっと分けて、勘定方には上げず、探索の費えとして使っていた。

むろん奉行の牧野も承知で黙認していた。

町奉行所の探索の費えが限られており、町廻りの同心たちも満足に御用聞きの手当てさえ出せない事情に鑑《かんが》みてのことだ。またこの隠匿した金子は笹塚孫一の私用に一文も遣われてないことを南町じゅうが承知していた。

「探索には銭がかかるものよ、それを無一文でやれなんぞとは、江戸に腐った御用聞きを奨励するようなものだ」

潔い覚悟に南町では、

「大頭どのは、なりは小さいが太っ腹」

と評判されていた。

磐音は、笹塚孫一が鳥取藩からさらに多額の金子を引き出す考えのようだと察した。だが、口に出すことはなかった。ともあれ、鳥取藩がこれ以上、今津屋に不穏な画策をしなければ、磐音の用はすでになくなったのだ。

二人は鳥取藩と下総古河《こが》藩の屋敷の間を抜けて、阿波徳島蜂須賀家の前に出た。

その様子を古田村次右衛門が闇からじっと見ていた。

右に進めば南町奉行所の裏手に出る。

磐音は南町の前まで笹塚を送るつもりでさらに肩を並べた。

二人が足を止めたのは数寄屋橋御門前だ。そこが南町の正面だが、もはや表門は閉ざされていた。

「今津屋との旅はいつ参るな」

「未だはっきりしませぬが、数日内には日取りが決まろうかと存じます」

「気を付けて参れ。鳥取藩は心配要らぬ」

と笹塚が請け合った。

「よしなにお願い申します」

磐音は笹塚に腰を折って足労を謝した。

磐音は笹塚が通用門から姿を消すのを見送り、数寄屋橋を渡って町屋に出た。

そこで肩の力を抜いた。

坂崎磐音は武家の嫡男《ちゃくなん》として生まれたが、藩騒動で外に出て以降、町屋暮らしが段々と長くなっていた。そのせいか権柄づくの武家屋敷の家並みよりも猥雑《わいざつ》な町屋にいるほうが親しみやすく心が休まった。

夕暮れの東海道をぶらぶらと日本橋へと進んだ。通りの両側のお店《たな》や旅籠《はたご》には灯りが入り、客の姿が見えた。

旅人宿が並ぶ小伝馬町《こでんまちよう》から馬喰町《ばくろちよう》へ差しかかったとき、磐音はだれぞに見られているような、そんな気配を感じた。

磐音は横山町へと曲がってみた。

気配が消えて、錯覚だったかと思い直したとき、行く手に屋敷奉公と明らかに分かる老女が待ち受けていて磐音に歩み寄ってきた。

「元豊後関前藩ご家臣坂崎磐音様にございますか」

「いかにも坂崎でござるが」

「大変不躾とは存じますが、私の主《あるじ》がそなた様にお目にかかり、ご挨拶をしたいと申しております」

「それがしと知り合いのお方か」

「はてそれは存じませぬ」

「それがし、深川六間堀で浪々の暮らしをいたす浪人者、できればこのまま放免していただきたい」

「そこを曲げてお願い申し上げます」

老女の顔は真剣だった。

「どちらにおられるな、そなたの主どのは」

「浅草御門近くに屋根船を止めてございます」

「ならばそこまで同道いたそう」

磐音は老女と肩を並べて浅草御門前に出た。

今津屋はすぐそこだ。

両替商の象徴とも言える分銅《ふんどう》看板を横目に見ながら、浅草御門の船着場に下りた。そこに大名家の持ち物と思える屋根船が止まっていた。

「桜子《さくらこ》様、坂崎磐音様をお連れ申しました」

「お見えになりましたか」

中年女の声が応じて、障子が開かれた。

老女の上役の奥女中のようだ。

屋敷勤めの船頭が舫い綱を外そうとしていた。

「ささっ、どうぞ」

「お待ちあれ。それがし、屋根船に招かれる覚えはござらぬ。主どのがお目にかかり挨拶をいたしたしと仰せとかで、かく参上いたした。ご挨拶のみにて失礼いたしたい」

奥女中は主と思える人物と話し合っていたが、

「ならば船は舫ったままにしておきます。私と代わって船にお乗りくださりませ」

と願い、優雅な身のこなしで屋根船を下りてきた。

磐音は覚悟を決めた。

備前長船長義を抜くと手に提げ、屋根船に乗った。

行灯の灯りに若い姫君が座して、笑みを浮かべていた。

磐音はおぼろに考えていたことが当たったなと思った。が、態度には表さなかった。

「坂崎磐音と申す」

「織田桜子にございます」

桜子は京人形のように整った器量の姫君だった。その顔には凛《りん》とした高貴と危うさを伴った幼さが垣間見られた。だが、硬い表情であった。

「坂崎様、過日は危うきところをお助けいただき、まことに有難うございました。また礼を失した頼みを快く引き受けてくださいましたこと、お礼を申します」

と桜子が頭を下げた。

「織田兵庫助様と文では名乗られましたな」

「あの折りは未だ国許から書状が藩邸に届けられず、予断は許さぬ状況にございましたゆえ、あのように名乗りました。お許しください」

「兵庫助どのよりも桜子様のほうがお似合いです」

桜子の顔にようやく笑みが浮かんだ。

「坂崎様、改めてお礼申し上げます」

「それがしがいくらかでもお役に立ったならば、ようございました。されど、桜子様、それがし、すでに遣い賃はいただいております。重ねての礼など無用にございます」

「豊後関前藩のお国家老のご嫡男とも知らず、失礼を重ねました」

桜子は必死で磐音の身辺を聞き出して、あの油紙の書状を言付《ことづ》けたようだ。磐音の出自まで承知していた。

「それがし、ただ今浪々の身にて、なんでも屋を生計《たつき》としております。桜子様の依頼はまことに割のよい仕事にございました。ただ屋敷の帰り道、刺客に襲われるとは思いの外でございました」

「坂崎様、なんとおっしゃいました」

桜子の顔が真っ青になり、驚愕を示した。

「坂崎様にそのようなご無礼を」

「桜子様、それがしの仕事ではよくあることにございます」

「事情をご説明申し上げます」

と桜子が必死に言った。

「桜子様、それがし、そなた様の差し金などとは努々《ゆめゆめ》思うておりませぬ。またこれ以上、桜子様も藩の内部の事情を外に洩らしてはなりますまい。先ほども申しましたが、謝礼は十分にいただきました。それがしもこれにて口を噤《つぐ》みます。これ以上の斟酌《しんしゃく》は無用に願います」

磐音はまだ驚きから立ち直れない桜子に平伏すると、後ろ下がりに屋根船から神田川に出た。

その様子を古田村次右衛門が目撃して、

「織田桜子様が……」

と呟いていた。

二

今津屋では奉公人たちが客の応対と店仕舞いに追われていた。

暑さのせいで夕暮れの刻限に両替屋に駆け込む客が増えていたからである。

磐音は由蔵に目顔で挨拶すると奥へ通った。すると広い台所では女衆が配膳《はいぜん》の最中であった。

「あら、遅かったわね」

おこんが気付いて声をかけ、

「旦那様がお待ちよ、奥に通って」

と言った。

おこんに命じられるまま磐音は奥座敷に向かった。

吉右衛門は庭に立っていて、泉水に流れ落ちる水を見ていた。小さな滝を模して造られた岩場伝いに水が流れ落ちていた。

「どうかなされましたか」

「螢《ほたる》が二匹迷い込んできました」

磐音も庭下駄をそっと履いて池の端に行った。苔《こけ》の生えた滝の、薄い暗がりに黄緑色の明かりが二つ点っていた。

「こんな町中に螢が暮らしているのですね」

江戸の両替商六百軒を束ねる両替屋行司の主は、儚《はかな》くも飛び回る螢に見入っていた。

磐音もしばし螢が生み出す幻想の時に浸った。

「おや、お二人してどうなされました」

膳を運んできたおこんが縁側の廊下から声をかけた。

「螢がいるのです」

磐音の答えにおこんが、

「数日前から迷い込んだ番《つがい》の螢です」

と言い切った。

「どうして番と分かるのです」

「螢の明かりは雄と雌では違うのよ。それに……」

とおこんはいったん言葉を切り、迷うふうにただ縁側に立っていた。

「どうしました、おこん」

吉右衛門が訊いた。

「その螢の到来は、旦那様が新しいお内儀《ないぎ》様を迎えてくださるようにとの辻占《つじうら》です」

「そのようなことを螢が考えるものですか」

と一笑に付しながら吉右衛門が庭から座敷へと戻った。

磐音は今しばし、おこんが番と決め付けた二匹の螢の光の競演に目を預け、

「さあ、螢よりお酒ですよ」

とのおこんの声に促されて座敷に戻った。そこへ店仕舞いを終えた由蔵が帳簿を抱えて、吉右衛門に報告に来た。

いつもの今津屋の夕暮れの儀式だが、吉右衛門はざっと金銭の出入りを見ただけで帳簿を閉じた。そして、磐音に向き直り、

「笹塚様と一緒に鳥取藩の江戸屋敷に参られたようですね」

と訊いた。

「それがしは屋敷の外で笹塚様のお帰りを待っていただけです。鳥取藩では南町の切れ者与力どのをご存じないらしく、二刻（四時間）も控え部屋に待たせたそうです」

「それは後々高く付きますな」

と由蔵が言った。

磐音は笹塚から聞いた話を報告した。

その間、おこんは若い女中を指揮して主たちの膳や酒器を運び、台所と奥座敷を何度か往復して、夕餉の仕度を整えた。

そして、ようやく落ち着いたおこんがまず吉右衛門の盃《さかずき》から酒を注《つ》いだ。そして、磐音、由蔵にも順々に酌をした。

「笹塚様にはご足労をかけましたな。機会を見てお礼をせねばなりますまい」

と吉右衛門がこのことを気にした。

頷き合った三人の男たちは夕暮れの庭に飛ぶ螢に目をやり、酒を口に含んだ。

「旦那様、これで鳥取藩の一件はまず一安心にございますな。心置きなく旅に出られるというものです」

「国主大名家ではお家騒動が起こっているようですが、どうも騒ぎを鎮める人物に欠けているように見えます」

由蔵に吉右衛門が応じ、磐音が、

「未だ騒ぎの渦中にあるということにございましょう」

と会話に加わった。

浅草御門下に舫われた屋根船に誘われた一件を告げたのだ。

「なんとさようなことが」

「これはこれは」

と吉右衛門と由蔵が口々に驚いた。

「どてらの金兵衛さんのご託宣が当たったわ」

おこんが小さく叫んだ。

「なんですね、金兵衛さんのご託宣とは」

吉右衛門が、おこんの言うことが分からず訊いた。

「いえ、うちのお父っつぁんが、坂崎さんの顔に女難の相が現れていると占ったんです。これは鳥取藩のお家騒動なんかじゃありません、女難です」

男たちはおこんの突飛な言葉にしばし沈黙し、吉右衛門がそのうち笑い出した。

「老分さん、うちのおこんにかかれば、国主大名三十二万石のお家騒動も女難の相で終わりですよ」

「さようでございますね」

「旦那様、老分さん、女の勘です。鳥取藩の騒ぎは桜子様の他にも女が絡んでおります」

おこんがむきになって言った。

「金兵衛とおこんの親子は、私の後添いからお家騒動まで一刀両断に断ってくれます」

「旦那様に後添いの話がございますので」

由蔵が聞き捨てならぬというように身を乗り出した。

「老分さん、庭に二匹の螢が迷い込んだのは、私に後添いを貰えという辻占だとおこんが言うのですよ」

「ほうほう」

と応じた由蔵が、

「それは確かなことかも分かりませぬぞ。これだけの大店《おおだな》にお内儀様が欠けておるのはおかしゅうございますからな」

と言い、おこんと期せずして同じ考えを披瀝《ひれき》した。

吉右衛門の内儀お艶《えん》が亡くなったのは一年前のことだ。

普通ならばまだ喪中だろう。だが、江戸でも屈指の豪商今津屋に奥を取り仕切る内儀がいないのは不都合だし、なにより由蔵もおこんも跡継ぎのことを真剣に案じていた。それが態度や言葉になって表れたのだ。

「二人の気持ちも分からぬではないが、もう少し静かにお艶の菩提《ぼだい》を弔わせてくださいな」

二人の気持ちを斟酌しながらも吉右衛門が受け流した。

「いいえ、螢が迷い込んだのは瑞祥《ずいしょう》にございます。これはなんとかせねばなりますまい」

「おこんの信奉者が一人現れましたぞ、坂崎様」

吉右衛門は磐音に振った。

「はて、どうしたもので」

と困った顔をした磐音は話題を変えた。

「豆州行きの日取りが決まりましたか」

「おお、そのことです。できることならば明後日に出立《しゅったつ》したいのですが、坂崎様のほうはいかがですかな」

「われらに否やはございませぬ。承知しました」

磐音は品川柳次郎と竹村武左衛門の二人に手配りすればよいだけだ。

「ならば予《かね》ての手筈どおり、二人には明日の夕刻までにこちらに来るよう伝えます。それでよろしゅうございますか」

「お願い申します」

打ち合わせはすぐに終わった。

「おこん、酒が切れておりますぞ」

吉右衛門に注意されたおこんが、

「迂闊《うかつ》なことでした。今すぐにお持ちします」

と立ち上がりながら、

「旦那様には後添い、坂崎さんには女難の相」

と呟きながら廊下を去った。


この夜のうちに磐音は品川柳次郎の屋敷を訪ねた。

座敷では蚊遣《かや》りを炷《た》きながら、まだ幾代と柳次郎が団扇作りの内職に励んでいた。

「夜分に申し訳ございません」

と謝る磐音に、

「坂崎様ならばうちはいつでも歓迎ですよ」

と幾代が顔を顰《しか》めながら、その場を立った。

「品川さん、なんぞありましたか」

「いや、先ほど竹村の旦那が仕事帰りに姿を見せて、今津屋の仕事はまだか、米俵運びは辛いと、散々愚痴《ぐち》を零《こぼ》していったのです。母上は武士が他人の前で愚痴を零すなど女々しいとお怒りなのです」

「それはそれは……」

と苦笑いした磬音が言った。

「出立は明後日と決まりました」

「助かった。団扇作りに飽き飽きしていたところです」

と柳次郎が叫んだところに幾代が西瓜《すいか》を運んできた。

「母上、うちにかようなものがございましたので」

「いただき物です。竹村様にお出ししようかと思いましたが、あまり酒ばかりを何度も催促されますゆえ、出すのをやめました」

「それでそれがしに西瓜が回ってきましたか」

「西瓜はお好きですか」

「大好物です。国許にいる折り、稽古の後によく師匠のお内儀が井戸で冷やした西瓜をわれら門弟に馳走してくださいました」

「それはようございました。冷えているうちにお食べなされ」

「まずその前に」

磬音は今津屋から預かってきた三両と受取りの書き付けを差し出した。

「今津屋からの前渡し金にございます」

「えっ、前払いに三両もですか。母上、これでなんとか盆が迎えられますね」

品川家では盆の法事の費えを気にかけていたらしく、柳次郎が叫んだ。

「柳次郎、ほれ、見なされ、坂崎様はうちにとって福の神ですよ」

「となると竹村の旦那はさしずめ貧乏神ですか」

柳次郎は言ってけらけらと笑い、幾代が眉《まゆ》を顰《ひそ》めた。

武左衛門はよほど酒が飲みたかったらしく愚痴を零していったようだ。

三人はよく冷えた西瓜を手にとった。

「上様に献上される湯が熱海のものでしたねえ」

満足そうに西瓜を食べながら幾代が言い出した。

御用汲湯は八代将軍吉宗の御世に盛んになり、享保《きようほう》十一年（一七二六）十月九日から十一月二十八日まで実行されたという。

享保十一年から十九年の間、熱海大湯の百度に近い湯が、三千六百四十三の湯《ゆ》樽《だる》で江戸に運ばれた記録もある。

最初、人足たちに担がれて陸路で運ばれていた湯樽は、享保十三年からは船足の速い、魚を運ぶ押送船《おしおくりぶね》での海上輸送に変わった。

熱海を出たとき百度あった湯は、江戸城に到着する頃、ちょうどよい湯加減になっていたという。

「一度くらい、上様がお入りの湯に浸《つ》かってみたいものですねえ」

「母上、御用の旅ゆえお連れはできません。それがし、こたびの旅で入る機会があればとくと浸かって、お話しして差し上げます」

ほのぼのとした母と倅の会話を聞きながら西瓜を食べた磐音は、

「馳走になりました。これから竹村どのの長屋に立ち寄り、明後日の出立を伝え、前渡し金を届けてきます」

「それはやめたほうがいい」

柳次郎が即座に言った。

「今夜、この小判を竹村の旦那に見せてごらんなさい、すぐに飲み屋に走ります。このところ金子に詰まって酒を飲んでおりません。それに旅の間は禁酒と坂崎さんからのお達しです。あの旦那のことです、出立のときまで飲み続けるのは間違いない」

「それはいけませぬ」

と磐音より先に幾代が反応した。

「どういたしましょう」

磐音が親子に相談した。

「その金子、私がお預かりできませんか。明日、竹村の旦那が仕事に出かけた後、長屋を訪ねて、勢津どのに直《じか》に三両を渡し、書き付けに署名を貰ってきます。それでいかがです」

「柳次郎、それがよい。竹村様のお宅は子供が大勢おいでです。お内儀に渡したほうが貴重な金子も活きるというものです」

竹村武左衛門の日頃の報いとはいえ、品川家でも散々な評判だ。

「竹村さんには、明後日の出立はいつ伝えます」

「長屋から下総屋に回り、番頭の菊蔵に許しを得ます。夕刻、仕事を終わった頃合い、私が旦那を迎えに行って、しかと今津屋様まで同道します」

「それならば安心です」

磐音は竹村の三両と書き付けを柳次郎に預け、

「では、明日」

と席を立った。すると幾代が、

「坂崎様、旅のご無事を毎日ご先祖様にお祈りしておりますよ」

と送り出してくれた。

竹村武左衛門は北割下水に舫われた荷船の中から、河岸に立つ柳次郎と下総屋の菊蔵を恨めしそうに見上げた。

今日も本所界隈には炎暑があった。

「柳次郎、今津屋の仕事はまだか」

武左衛門の顔は真っ黒だ。

「明朝、江戸を発つ」

「なにっ、そのような大事を、えらく差し迫っての通告じゃな」

武左衛門が仕事をやめて船を上がろうとすると柳次郎が押しとどめ、

「勢津どのから旅仕度は預かってきた。夕刻、迎えに参る。それまで下総屋で仕事をこなせ」

「柳次郎、それは殺生だぞ。頼む、今津屋の仕事が明日となれば、おれにもやらねばならぬこともある。これで上がらせてくれ」

と懇願しながら、河岸に上がってきた。それを見た菊蔵が、

「これでは無理に残しても仕事にはなりますまい。品川様、この旦那をお連れください」

と引導を渡した。

夜明け前、井戸水を汲んできた磐音は、鰹節屋《かつおぶし》から貰ってきた箱の上に並んだ三柱の位牌《いはい》の前に供えた。河出《かわで》慎之輔《しんのすけ》、舞《まい》の夫婦と小林琴平《きんぺい》、三人の亡き友の霊前に熱海行きを告げ、道中の無事を願うとともに江戸を不在にする間、吉原の白鶴太夫の身を守ってくれるよう祈った。

「よし」

これで旅仕度は成った。

金兵衛には御用の旅に出ることをすでに通告してあった。

磐音は宮戸川に向かった。

鰻割きの仕事を終えた磐音は、その足で神保小路の佐々木玲圓道場を訪ねた。住み込み師範の本多《ほんだ》鐘四郎《かねしろう》らと竹刀を交えて、久しぶりの稽古に汗を流した。明日からの御用旅の気を引き締め直す気持ちからだ。

「磐音、珍しいことがあるものじゃのう」

稽古の指導を終えた玲圓が見所下《けんぞ》に磐音を呼び、話しかけた。そこには幕臣で御側衆の一人速水左近《はやみさこん》がいた。

磐音とも顔見知りの仲だ。

「今津屋の御用にて熱海まで参ります。気を引き締めんと道場に参りました」

「豆州熱海に参るとな。湯治かな」

と玲圓が訊いた。

「石切場の下見に参ります」

「なに、両替屋行司どのが石切場の下見とな」

と訝しげな声を上げた玲圓に代わって速水が、

「どうやらこたびの御城外曲輪《そとぐるわ》の石垣修理と関わりがありそうじゃな」

と会話に加わった。

「速水様、いかにもさようにございます」

「そうか、美作津山藩に今津屋が用立てるか」

と速水が応じた。

「佐々木先生、先の長雨にて城中の石垣が壊れ、その修復を美作津山藩の松平家が命じられたのです。江戸城を築いた折り、豆州熱海界隈の石が多く使われたと聞いております。おそらく坂崎どのの御用はこのことと関わりがございましょう」

　と玲圓に説明した。

「坂崎、そなたは浪々の暮らしながら、過半の幕臣以上に徳川家のために働いておるのう。人の生き方は様々じゃな、しっかり働くがよい」

　と玲圓が激励してくれた。

　頷いた速水が、

「坂崎どの、道中なんぞあれば、それがし宛てに急ぎ知らされよ。江戸でできることをいたすでな」

　と含みのある言葉をかけた。

　速水左近は将軍家治の御側衆の一人として、深い信頼を得ている幕臣であった。ということは、この御用には磐音の知らぬ事情がなにか隠されているということではないか。

　そのときはそのときだと覚悟をした。

「畏まりました」

　玲圓が屈託のない笑みを顔に浮かべ、

「そなたの旅はいつも争いごとが付き物じゃ。気を付けて参れよ」

と注意を与え、

「何日ほど江戸を留守にいたすな」

「十日はかかるまいと思います」

と答えて磐音は二人の前を辞去した。

道場の前に出た磐音は、

「ちと早いが今津屋に参ろうか」

と独り言を呟き、神保小路から浅草御門へと、神田川沿いにぶらぶらと下っていった。

「お早いお越しですね」

由蔵が磐音の顔を見て言った。

「神保小路の道場で汗をかいてきました。湯に行って鰻の臭いと汗を流してきます」

「ならば湯の帰りに米沢町の辻床《つじどこ》に寄っておいでなされ」

と由蔵が手筈どおりのことを命じ、磐音は頷いた。

暮れ六つ（午後六時）前、旅仕度の品川柳次郎が、酒の匂いをぷんぷんさせた竹村武左衛門を連れてやってきた。

出迎えたのは町人髷に結い上げた奉公人だった。

「あれ、坂崎さんではないか。そなた、二本差しをやめていよいよ今津屋に奉公に入ったか」

酔眼朦朧《もうろう》とした武左衛門が磐音を見て問うた。

「こたびの旅はその格好では不味《まず》うございます。品川様、竹村様、ささっ、奥へ。髪結《かみゆい》が待ち受けておりますよ」

磐音の町人言葉に二人が目をぱちくりした。

三

翌朝七つ（午前四時）、今津屋の店の前から、二斗樽を振り分けに載せた三頭の馬と一緒に、旅仕度の今津屋吉右衛門一行が出立した。

今津屋からの同行は振場役の新三郎一人だ。だが、町人姿の坂崎磐音、品川柳次郎、竹村武左衛門の三人が一行に加わっていた。

三度笠に縞木綿の尻端折《しりばしょ》り、手甲脚絆《てっこうきゃはん》に草鞋《わらじ》履きで、それぞれ馬の手綱をとっての旅だ。むろん町人姿に相応《ふさわ》しく磐音は磐吉《いわきち》、品川は柳次《りゅうじ》、竹村は武造《たけぞう》という名で呼ばれる手筈になっていた。

その朝、武造こと武左衛門は自分たちが馬を引いて熱海に向かうと知り、

「柳次郎、町人姿はまだ我慢ができる。だが馬方の真似《まね》をさせるなど武士に向かって失礼千万ではないか」

と一頻《ひとしき》り文句を言った。まだ吉右衛門も磐音も店の前に出てくる前のことだ。

柳次郎がにやにや笑いながら、

「武士といってもそれがしは内職の団扇作りに追われ、旦那は片肌脱いで米俵を担いでいた。馬方も結構。こんな格好をさせられたには理由《わけ》があってのことだろうさ。致し方あるまい」

「坂崎さんも酷《ひど》いではないか。道中、酒は飲めぬと禁酒を命じながら、おれたちが運んでいくのが酒樽《さかだる》だ」

武左衛門の不満はあちこちに飛んだ。

馬の背に振り分けられた二斗樽には、

「美作津山藩来宮《きのみや》神社　伊豆山《いずさん》神社献納神酒」

の木札が立てられていた。

「まあ、そうぼやくものではございませんよ、武造さん。一日一両の稼ぎを思え

ばこれくらいの我慢、なんでもありますまい」

と柳次になりきった品川柳次郎が、際限ない武左衛門のぼやきを軽く受け流した。

吉右衛門らが姿を見せて、一行が揃い、

「お気を付けて」

「道中ご無事を祈っております」

と由蔵やおこんに見送られて一行は米沢町を発ち、東海道をまず品川宿へと向かった。

酒樽を振り分けた馬は通し馬だ。伝馬《てんま》宿で交代させる要もない。

津山藩では道中奉行を兼ねる勘定奉行に通し馬の申請をし、許しを得ていたのだ。

磐音、柳次郎、武左衛門の引く馬の順で進み、吉右衛門は先頭の磐音と肩を並べ、新三郎がしんがりを務めた。

「さすがに皆さん、お武家様にございますな。馬の扱いが慣れておいでだ、おとなしいものです」

吉右衛門が磐音に囁いた。

「道中長うございます、旦那様。こちらが気を緩めると馬はすぐにぐずります」

「まあ、せいぜい、気を張って二十七里を旅しましょうぞ、磐吉」

と言い合った主従は、黙々と先を急いだ。

一日目、江戸から十里半の戸塚宿で宿泊し、二日目には大久保加賀守《おおくぼかがのかみ》の城下、小田原泊まりの予定で一行は進んだ。

磐音は旅籠に到着しても酒樽のかたわらを離れることはなかった。また積み下ろしも磐音と新三郎の二人で行った。不審に思った柳次郎が磐音に、

「なんぞ理由でもあるのですか」

と訊いた。

「こたびの石垣普請の安全祈願を伊豆山神社と来宮神社にいたします。その献納の神酒ゆえ、大事に扱うようにとの今津屋どのからの命です」

と磐音が答え、

「ふーん」

と訝しい顔をした柳次郎もそれ以上は追及しなかった。

四つ（午前十時）前、小田原城を望む酒匂川《さかわ》を渡った。

〈太守の塁は喬木《きようぼく》森々として高館巨麗なり、三方に大池あり、池水湛々《たんたん》として浅

深量るべからず……〉

と天文《てんぶん》二十年（一五五一）にはすでに巨大な城郭が築かれていた小田原城だ。

水堀に面した町屋にある旅籠伊勢屋に投宿した今津屋吉右衛門一行を、美作津山藩御用人野上九郎兵衛《のがみくろべえ》と普請方の勝俣膳三郎《かつまたぜんざぶろう》が脇本陣《わきほんじん》で待ち受けていた。

「野上様、勝俣様にご挨拶して参りましょう」

吉右衛門はその足で脇本陣に向かった。野上と勝俣の二人と会い、先行して海路熱海入りしていた幕府御普請奉行原田《はらだ》義里《よしさと》との打ち合わせの下相談に脇本陣を訪ねたのだ。

御普請奉行は、

〈是は御城石垣普請、地形縄張《なわばり》、所々石垣浚橋等之事司之〉

と『有司勤仕録』にあるように、専ら木工の造営修繕を掌《つかさど》る役の御作事奉行と異なった。

その下には下奉行、改役《あらためやく》、普請方などが付いた。

旗本二千石高の役職で芙蓉《ふよう》の間詰《まづめ》であった。

津山藩にとって御普請奉行の協力なしにはこたびの石垣修理はうまくいかない。

とりわけ修理費用がどれほどかかるかは、原田の胸三寸にあるといえた。

品川柳次郎と竹村武左衛門、それに磐音と代わった新三郎の三人は、積荷の酒樽を下ろした三頭の馬を引いて、早川の河原に水浴びに連れていった。

相模灘《なだ》の河口のあちこちで、馬の世話をする人や野宿をする旅人たちが夕暮れの涼をとっていた。

中には岩場に腰を下ろし、瓢箪に入れた酒を風流にも楽しんでいる宗匠姿の老人もいた。

それを羨《うらや》ましそうに見た武左衛門が、

「おい、柳次郎」

と柳次郎に呼びかけ、

「われらは馬喰《ばくろう》ではないぞ。馬の世話までせねばならぬのか」

と泣き言を言った。

「武造さん、一日一両の仕事をお忘れにございますか」

「確かに報酬は破格じゃが、酒も飲めん。あちらの老宗匠を見てみよ。行く雲を見つつ悠然と酒を楽しんでおる。風流ではないか。侍のわれらに馬の世話までさせるとなると、そう高い日当ともいえぬぞ」

武左衛門の胴間声《どうまごえ》に驚いたか、馬が突然立ち止まり、尾っぽを持ち上げると小

便を始めた。飛沫《しぶき》が武左衛門の体に撥ねて、

「くそっ」

と叫んで飛び下がった。

酒を飲む老宗匠がその様子を目に止め、
ぎらり
と眼光を光らせた。

「ほれほれ、武造さん、馬にも馬鹿にされておりますよ」

柳次郎が言い、新三郎と笑い合った。

流れに入れられた三頭の馬は、火照《ほて》った体に水をかけられて気持ちよさそうな顔をした。さらに柳次郎らは、汗をかいた体を縄の束子《たわし》で丹念に洗い流してやった。

「柳次郎、なぜ坂崎さんは来ぬ」

「武造さん、私は柳次ですよ」

と取り合わぬ柳次郎に代わって新三郎が、

「献納の酒樽の番をされているのですよ、竹村様」

と説明した。

「旅籠に預けておけば心配あるまい」

「来宮神社にご献納のお酒です。旅の間に何が起こってもなりませぬ。坂崎様は、そのために番をしておられるのです」

新三郎が答えた。

「酒の番ならそれがしが相務めたものを」

「世の中でなにが一番危ないって、旦那に酒樽の番をさせるくらい危ない話はないぞ」

柳次郎が小声で言い、新三郎と一緒になって笑った。

「さほどにそれがしは信頼ないか」

「ないない。馬の毛先ほどもない」

と答えた柳次郎が、

「新三郎さんは馬の扱いがうまいな」

「親類が小梅村の百姓でしてね、奉公に出る前は親類の家で牛馬の世話をやらされたものです」

「道理で新三郎さんの馬が一番うっとりしておるな。それに比べて……」

と武左衛門の馬を柳次郎が見ると、まだ洗い終わっていなかった。すかさず新

三郎が、

「竹村様、代わりましょう」

と馬を取り替え、手際よく洗い始めた。

そんな三人の会話に聞き耳を立てていた老人が仲間に合図を送った。

どたり
と川原の岩に腰を下ろした武左衛門が、

「小田原宿は相模灘に面しておる、魚も美味かろう。のう、柳次郎、新三郎さん」

と酒を飲むことを遠回しに催促した。

二人は馬の世話をする手を休めて、折りから茜《あかね》色に染まる空を見上げていた。それが見る見る濁った赤色に変わり、箱根全山を炎に染めた。すると河原に妖《あや》しげな光を放って螢が飛び交い始めた。

「旅に出るとこれだから堪らぬ」

「本所生まれの品川様には、田舎の風景がどれも美しく感じられるのですね」

「新三郎さん、私は御家人の次男坊だ。これまで旅をする機会など滅多になかったからな」

老宗匠が、町人姿で侍言葉を使う柳次郎をじろりと見据えて岩場から立ち上がった。武左衛門は老人が立ち去るのを見送りながら、

「風流には酒が付き物と思うがな」

と呟き、なんとか酒を飲める工夫はないものかと思案を巡らせた。


旅籠伊勢屋で磐音、柳次郎、武左衛門、新三郎の四人が夕餉を摂《と》っている刻限、

「御免なさいよ。旅の者ですが泊めてくださいな」

と訪れたのは、早川の河原で酒を楽しんでいた老宗匠と連れの二人だ。応対した番頭が、

「階段下の布団部屋しか残っておりません。ご老人、それでよろしゅうございますか」

と答えると、

「一晩だけです。構いません」

と老宗匠が鷹揚に応じ、二人は布団部屋に入った。

吉右衛門が伊勢屋に戻ってきたのは、五つ半（午後九時）過ぎのことであった。

津山藩の二人と打ち合わせした吉右衛門の顔にはどこか、憂いと緊張の綯《な》い交ぜ

になった表情が漂っていた。
吉右衛門と新三郎が二階の座敷へと上がり、階下には磐音ら三人が来宮献納の酒樽の番をして眠ることになった。
眠り呆《ほう》ける武左衛門の高鼾《たかいびき》がふいに止まった。
枕を並べて眠る磐音と柳次郎の様子を窺った武左衛門が厠《かわや》にでも行く様子で、
そーっ
と寝床を抜け出した。
しばらくして旅籠の板の間に積まれた酒樽のかたわらで物音がした。
武左衛門が酒樽の菰《こも》を音がせぬように広げる物音だ。
(来宮の祭神はたれか知らぬが、二斗樽六荷も飲まれまい。ほんの少しばかりお裾分けをいただこう)
とよからぬことを考える竹村武左衛門の背で、
ぼおっ
と有明行灯の灯りが点った。
「おっ」
と驚く武左衛門を磐音と柳次郎が見下ろしていた。

「旦那、酒盗人は風流とは言えねえぜ」

本所育ちの柳次郎が伝法な言葉遣いで言った。

「柳次郎、神様の上前をちょっとばかりはねてもお怒りになるまいと思うたのじゃ」

盗み酒の現場を見つかった武左衛門が頭を掻きながら言い訳した。

「神様は怒るまいさ。だが、今津屋から神酒献納の供を頼まれた坂崎さんの立場はどうなる。それがしと旦那に盆前の稼ぎをと仕事を仲介してくれた坂崎さんに恥を掻かせる気か」

「そう、怒るな、柳次郎。ほんの出来心じゃ」

ふうっ
と溜息をつく柳次郎に代わって磐音が、

「もうしばらくの我慢です。酒樽を来宮様に献納すれば、吉右衛門様に願って夕餉には酒を付けて貰います」

「ほんとうか、坂崎さん」

「二言はございませぬ」

磐音は思わずこう答えて武左衛門を安心させた。

それからすぐに灯りが消えた。

この気配を階段下の布団部屋から窺う二人がいた。

老宗匠と連れの二人だ。

老宗匠に化けたのは、東海道五十三次を上り下りして、金のありそうな旅人に目を付け、時に人を殺《あや》めても金子を強奪する、

「百面《ひゃくめん》の専《せん》右衛《え》門《もん》」

と呼ばれる盗賊だ。

専右衛門は京、大坂の町奉行所や代官所からいくつも手配が回る盗賊だが、その素性も歳も東国では知られていなかった。

「専右衛門様、あやつら、ただの鼠じゃなかったな」

「夜明け前にはからくりが分かろうというもんじゃ」

闇の会話はそれで終わった。


小田原城下の外れで東海道は有名な箱根越えにかかることになる。だが、三島に抜けるもう一本の街道、根府川《ねぶかわ》路があったことは意外と知られていない。

小田原から根府川関所、江之浦《えのうら》、真鶴《まなづる》、門川《もんがわ》、伊豆山、熱海、熱海峠、軽井沢、

平井、大場《だいば》を通り、三島宿へと抜ける海と峠道は根府川路、あるいは根府川往還と呼ばれた。

東海道の間道であり、江戸から熱海へと湯治に来る諸大名、大身旗本、豪商たちにも利用されてきた裏街道だ。

津山藩の御用人野上九郎兵衛と普請方勝俣膳三郎ら一行に今津屋吉右衛門らが加わり、根府川往還に入ったのはまだ夜が明けきらぬうちのことだ。

磐音たち三人には馴染みの街道だった。

寄合旗本大久保宇左衛門《うざえもん》の所領地見回りの仕事を引き受け、紛争に巻き込まれたことがあった。その折り、往路に根府川往還を利用していた。

暗い海岸道に波が押し寄せ、飛沫が一行の頭から降ってきた。

さすがに竹村武左衛門も津山藩の一行が加わったことで神妙に馬方を務めていた。

根府川関所を越える手前で街道は海を離れて、山道に差しかかった。

女の旅人には厳しい調べで有名な根府川関所は明け六つ（午前六時）に開門する。だが、幕府の勘定奉行からの通達もあり、津山藩の一行は開門前に通り抜けた。

磐音の耳に、先行する吉右衛門にぼやく野上の声が聞こえた。

「こたびの御用、なぜか津山藩ばかりが貧乏籤《くじ》を引くことになった。かなわぬぞ、今津屋」

本格的な山道に差しかかった刻限、ようようにして夜が明け、眼下に相模灘の海が錦絵《にしきえ》のように浮かび上がってきた。

一行はその美しさに息を呑んだ。

磐音は手綱を引きながら、朝靄《あさもや》に望める相模の海に漁《いさ》り舟が浮かぶ光景を感動の思いで眺め入った。

しばし景色を堪能した一行は歩みを再開した。が、不意に馬三頭の前方を歩いていた津山藩の御用人野上九郎兵衛らの足が止まった。

磐音は朝靄を透《す》かし見た。

すると山道に旅姿の老人が立っていた。

「もし、道をお空けくださいまし」

吉右衛門が声をかけた。

だが、老人は黙したままだ。

磐音は茣蓙《ござ》に包んで馬の背に括り付けてあった備前長船長義を抜くと、腰の帯に差した。

どこかで見た顔だぞと思いつつ、品川柳次郎も、そして竹村武左衛門も従った。

「熱海宿来宮様と伊豆山神社様に酒を献納に参る美作津山藩の一行にございます」

老人の、いや、東海道を荒らし回る盗賊の頭分、百面の専右衛門の口から含み笑いが洩れた。

「神社に献納する酒の味見をしてみたい」

津山藩の普請方勝俣膳三郎が、

「おのれ、何者」

と刀の柄《つか》に手をかけて進み出た。

百面の専右衛門が片手を上げると、薙刀《なぎなた》手槍《やり》まで抱えた盗賊の一味、六、七人が山道の左右から現れた。剣術家崩れの浪人と血腥《ちなまぐさ》い仕事に慣れたやくざ者とが数を半ばしていた。

勝俣が驚きに身を竦ませた。

意気込んでみたものの剣には自信のない勝俣だった。

「勝俣様、ここは私どもにお任せを」

と吉右衛門が注意を呼びかけた。

磐音は後ろを見た。

新三郎の後方にも四、五人の一味が現れた。磐音は、

「新三郎どの、頼む」

と手綱を新三郎に渡すと、目顔で柳次郎と武左衛門に、

「後方をお願いします」

と指示した。そして、自らは吉右衛門と勝俣らの間をすり抜けて、百面の専右衛門の前に出た。

磐音がのんびりと問いかけた。

「道を塞がれるはどなたにございますな」

「東海道五十三次でその名を知られた百面の専右衛門様ご一統だ。黙って酒樽を置いていけ。さすれば命だけは助けてやろうかえ」

「それは困りました。神社へ献納する酒にございますすれば、悪さをなされば、後々祟《たた》りがありましょう」

あくまで磐音の言葉遣いはゆったりしていた。

専右衛門はあまりにも長閑《のどか》な挙動にいつもの機敏さを欠いた。

「祟りがあれば何年も前に祟ろうわい」

専右衛門がゆっくりと片手を懐に入れた。

磐音と専右衛門の間合いは三間あった。

専右衛門の懐手が動いた。

その瞬間、磐音が飛燕《ひえん》のように間合いを詰めて、腰の長船長義を抜き上げていた。

専右衛門の手に南蛮渡来《なんばんとらい》の短筒《たんづつ》が握られ、その筒先が磐音に向けられたのと、長義二尺六寸七分が一条の光と化して、専右衛門の短筒を握る手の肘《ひじ》を斬ったのがほぼ同時だった。

ずどん！

という銃声と、専右衛門の、
げげえっ！

という絶叫が根府川往還に重なって響いた。

専右衛門は手を斬られながらも引金を引いていたのだ。だが、今は地面を転がり回っていた。

「おのれ、やりおったな！　東軍一刀流の里見《さとみ》甚八《じんぱち》が相手をいたす」

専右衛門の腹心格を自認する剣客が磐音に斬りかかった。

そのとき、磐音の長義は虚空に反転して、襲いくる里見の肩口を袈裟《けさ》に斬り下げていた。

ぐええっ!

里見の呻きを耳元で聞きながら、磐音は薙刀を振りかざした剣術家に襲いかかっていた。

赤柄が斬り飛ばされ、腰を割った磐音は右に左に飛びつつ、長義を一閃《いっせん》また一閃させた。

長義を引き付けつつ、元の場所に飛び下がったとき、百面の専右衛門一味の頭《かしら》と腹心格他、先陣組の大半が倒されて、山道に呻き声を上げていた。

残った三人は呆然としていた。

磐音は長義の切っ先を前に突き付けつつ、後ろを振り返った。

柳次郎と武左衛門が、専右衛門の後陣組と睨み合って対峙していた。だが、前方の思いがけない展開に、後陣組も斬りかかれずにいた。

磐音が視線を前方へ戻した。

「そなたら、頭分の専右衛門と同じ道を辿りたいか」

磬音の言葉に、津山藩と今津屋の一行を前後から囲んでいた盗賊の残党が脱兎の如く逃げ出した。

「新三郎、根府川関所に走り、このことを報告しなされ」

今津屋吉右衛門の命に、

「畏まりました」

と答える新三郎が根府川往還を走って戻り始めた。

「今津屋、そなたの奉公人は何者か」

津山藩の御用人野上九郎兵衛が専右衛門の血止めのために手拭いを裂く磬音を見ながら呆然と訊いた。

「今津屋の後見にして神保小路の直心影流佐々木玲圓先生の秘蔵の弟子、坂崎磬音様にございますよ」

誇らしげな声が響く頃、相模灘から陽が昇った。

四

半刻（一時間）後、新三郎が小田原藩の家臣でもある根府川関所の役人を連れて戻ってきた。

「百面の専右衛門」

が捕らえられたというので関所役人が興奮していた。

そのときには、磐音に斬られた専右衛門らの血止めを、磐音、柳次郎、武左衛門の三人がなんとか済ませていた。

役人たちは近くに住む百姓衆を手配して、小田原城下まで搬送していくことになった。また一方で逃げた百面一味の残党の追捕《ついぶ》が命じられ、さらにはお調べとなり、今津屋一行は現場に一刻（二時間）余り留まることになった。

だが、幕府の御普請奉行も関わる津山藩の御用旅だ。

磐音は形式だけのお調べだけで放免され、一行は再び熱海を目指して進み始めた。

海から昇った陽は青く晴れ上がった中天にあった。

根府川往還にはすでに旅人の姿があり、百面の専右衛門が斬られた上に捕らえられた一件はすでに街道の噂になって流れていた。

一行を追い抜いていく飛脚の中には、

「ご苦労でございましたな」

と声をかけていく者もいた。

先行する吉右衛門と津山藩御用人の野上九郎兵衛の二人が磐音のそばまで戻ってきた。野上が、

「坂崎どの、造作をかけた。いや、そなたのような腕達者が今津屋におられるとは、こたびの旅は万々歳にござる」

と労いの言葉をかけた。

「野上様、私どもは今津屋様に雇われた人足にございます。どうかそのような斟酌はご無用に願います」

「そなた、豊後関前藩六万石のお国家老坂崎正睦様のご嫡男というではないか。藩を離れられた経緯は知らぬが、世の中には逸材がかくも隠れておられるものよ」

磐音の働きを見たばかりの野上の口調にはまだ興奮の余韻が残っていた。

「酒樽を献納するまではまだ緊張を解いてはなりますまい。今津屋どのも野上様も行列の先頭にお戻りくだされ」

磐音は二人を行列の先頭に戻らせて、息を一つついた。

江之浦の峠道に差しかかっていた。

山道の両側から竹林が葉叢《はむら》を、柿の木が枝を差しかけて、小さな峠に木下闇《こしたやみ》を作り、涼しい風が吹き抜けていた。

峠道を抜けると再び陽射しの下に出た。

一行の視界には冴《さ》え渡った空の色を映した相模灘が望める。根府川往還と海の間の急崖《きゅうがい》には夏蜜柑《なつみかん》の木が生い茂り、その間に野生の枇杷《びわ》が和毛《にこげ》に包まれた実を光らせていた。

新三郎が、

「坂崎様、竹村様があれこれと酒樽を詮索なされて、口うるさくてかないませんﾞ」

と訴えに来た。

「代わってもらえますか」

新三郎に手綱を渡すと武左衛門のもとに行った。

「坂崎さん、百面の一味はなぜわれらに目を付けたのだ」

武左衛門の声を聞いた柳次郎が手綱を武左衛門の馬の鞍《くら》に結び付け、二人に並びかけた。

「竹村の旦那、その胴間声があやつらを呼び寄せたのだぞ」

「どういうことだ、柳次郎」

磐音も柳次郎の顔を見た。

「先ほどからそのことを考えておりました」

と前置きした柳次郎が、

「昨日の早川河原で宗匠姿の老人が酒を飲んでいなかったか」

「瓢箪から酒を酌む風流な老人であったな」

「竹村の旦那、あれが百面の専右衛門だったとは思わぬか」

「なんじゃと」

武左衛門がしばし考えに落ち、
あっ
と叫んだ。

「あやつ、酒を飲む振りをしながら客を物色していたと思えるのだ」

「柳次郎、そう言いきれるか」

「今朝方、あの老人を伊勢屋でちらりと見かけた」

「なんと」

「そう、われらの風体《ふうてい》を怪しんだ専右衛門が、馬を引くわれらを旅籠まで尾《つ》けてきて、夜中に旦那が盗み酒をしようとした騒ぎまで聞いておったのよ」

「そうであったか」

と納得した武左衛門が、

「だが、柳次郎、われらを襲うて酒樽を盗んでいくとは、どういうことか。どこぞの酒屋に売り払ったところで、さほどの銭にはなるまい」

と疑問を呈した。

「それは私には答えられん」

柳次郎がちらりと磐音を見た。

磐音は先を進む今津屋吉右衛門らを見た後、

「品川さん、竹村さん、お二人にお話ししていないことがあります。それがしの一存でお話ししますので、胸の中に仕舞っておいてください」

熱海はもう指呼《しこ》の間、ここまで来れば真実を話しても大丈夫との判断から二人に真実を告げようとした。すると柳次郎が頷き、

「特製の酒樽のようですね」

と訊いた。

柳次郎は途中から酒樽の中身を疑っていた様子だ。

「おっしゃるとおり、二斗樽ひとつに千両が詰められております」

「な、なんと千両じゃと」

大声を上げた武左衛門は慌てて自らの口を手で塞いだ。

「御用はまだ終わったわけではありません。竹村さん、あまり騒がないでいただきたい」

「どうりでな、坂崎さんが酒樽のかたわらを一時《いっとき》も離れぬわけだ」

「六千両も運ぶ旅です、なにが起こるか分かりません。それでかような工夫を凝らしたのです」

「それがしの禁酒令もその一環というわけか」

「さよう」

「なんと六千両の小判と添い寝をしてきたのか」

「高絎でね」

と柳次郎が茶化した。

「柳次郎、そなたは承知しておったのか」

「むろん竹村の旦那と一緒で知る由もない。最初は神社に献納する酒樽と思っていた。だが、積み下ろしは坂崎さんと新三郎さんの二人だし、これはなにかあるなど途中から疑ってはいた。それにしても六千両とは豪儀なものだ」

柳次郎が苦笑いし、

「母上に申し上げても信じられぬであろうな」

と呟いた。

「坂崎さん、なぜ六千両もの大金を熱海に運ぶのだ」

武左衛門が訊いた。

「大雨による江戸城外曲輪の石垣崩落は、かなり広い範囲に起こっているということです。そこで大量の巨石が要ります。それを切り出し、江戸まで運ぶとなると六千両でも足りません。この六千両は当座の資金です」

「石を切り出すのにそれほどの費えがかかるのか」

「津山藩では、来年の日光社参の費えにと貯めておかれた金子を吐き出されました。それでも足りません。そこで今津屋に借財を願ったというわけです」

「津山藩もえらい貧乏籤を引いたものだ」

武左衛門の感想に二人が頷いた。

「江戸城が築かれた頃、真鶴から稲取《いなとり》海岸にかけてのこの界隈で、小松石がたくさん切り出され、海上輸送で江戸に運ばれたそうです。江戸城が完成した後も伊豆山、熱海、多賀《たが》、網代《あじろ》、初島《はつしま》のあちこちで石が採掘され、江戸の町屋建設に使われたのです。それがこの何十年、やんでいた。そこで幕府の普請奉行も普請を命じられた津山藩も、金子の用足しをする今津屋も、この目で石切場を確かめ、どこの石切場から切り出すのが適当か、調べに参るところです。公方様のお住まいゆえ、急ぎの普請です。石切場が決まれば、石工を多く雇って仕事を始めます。そのための資金なのです」

「それでようよう分かったわ」

と武左衛門が納得したように言った。

「お二人を騙したようで相すまぬことでした。ですが、六千両の輸送ともなると、秘密にしていても百面の専右衛門のように目を付ける強盗もいる。この先も気を抜けません」

「承知した」

「坂崎さん、分かりました」

と二人の友が応じて、磐音はいささか胸のつかえが下りた。

騒ぎのため、真鶴に差しかかったときには昼の刻限を過ぎていた。

「坂崎様、ちと道中が遅れております。先を急ぎますので昼餉抜きで進みます」

と吉右衛門が磐音に断った。

「承知しました」

馬の背に六千両の大金が積まれていると知った武左衛門も、さすがに不平を口にしなかった。

黙々と福浦から門川（千歳川）へと海沿いの道を一行は進んだ。

三度笠を被った顔に海面から照り返す光が当たって眩《まぶ》しかった。

門川を越えると再び根府川往還は山道にかかった。

大黒崎、稲村と過ぎると伊豆山神社に差しかかる。

「坂崎様、昼餉抜きで急いだのでなんとか明るいうちに熱海に辿りつけそうです。そこで野上様と話し合い、こたびの普請の安全祈願を伊豆山神社にお願いしていくことになりました」

と吉右衛門が磐音に断った。

どうやら旅の進行次第で伊豆山神社参拝は決められていたようだと磐音は思った。

「畏まりました」

山道が険しくなった。

伊豆山は古《いにしえ》より名湯「走湯《はしりゆ》」として知られる土地だ。

古文書『行嚢抄《こうのうしょう》』には、

〈仁明《にんみょう》天皇の承和《じょうわ》二年（八三五）、豆州に温泉出ず。之を走湯という。大瀧《おおたき》小瀧とて山の岨《そば》より湧出《わきいで》て荒磯《ありそ》の岩間へ落つ……〉

とある。

この走湯の開湯を霊験《れいげん》として伝えるのが、

「走湯《そうとう》大権現」

あるいは、

「伊豆大権現」

として親しまれる伊豆山神社である。

祭神は、火牟須比命《ほむすびのみこと》、伊邪那伎命《いざなぎのみこと》、伊邪那美命《いざなみのみこと》の三神である。

主神の「牟須比《むすび》」は「産霊」と表記されることもあり、生命あるものを生き育てる神秘の力を示す言葉といえる。その象徴が滔々《とうとう》と噴き上げる間歇泉《かんけつせん》の、

「走湯」

であった。

相模灘から山の中腹の社殿へと参道の石段が延びて、伊豆山神社は相模灘と歌

にも詠まれた古々井《こごい》の森、伊豆の雄山を結びつける神でもあった。

海と街道を通じ、その神威を東国や東海にまで知らしめた神社は、源頼朝が旗揚げをした神社としても有名であった。

根府川往還と伊豆山神社の参道が交錯する、

「宿《しゅく》の平《たいら》」

に到着した一行は、まず海から続くおよそ六百余段の石段を眺めやった。

「柳次郎、下から上がってこなくてよかったな」

武左衛門がほっとした声を洩らした。

磐音たちは拝殿の鎮座する空を見上げた。

「宿の平」からでも百六十九段の石段が延びていた。

馬では到底上がれる勾配《こうばい》ではない。

磐音は石段の南に延びる坂道を見付け、

「今津屋どの、われらはこの坂道より登ります」

と許しを得た。

「ならば私どもは参道の石段を上がりましょうかな」

津山藩の一行と吉右衛門、新三郎の主従が石段を上がり始めたのを見届けて、磐音たちは馬を坂道へと回した。

坂道の途中で、酒に顔を赤くした褌一丁の半裸の男たちに出会った。

中には羽織袴の町役や年寄総代も混じっていた。

磐音たちの引く馬の背の、

「美作津山藩来宮神社　伊豆山神社献納神酒」

の木札に目を留めた羽織の年寄総代が、

「おまえ様方は江戸から来なさったか」

と訊いてきた。

「へえっ、津山藩の御用で江戸から道中してきました」

と磐音が答えると、男たちがわいわいと叫び始め、年寄が訊いた。

「津山藩の侍はどこだね」

「石段を登っておられますよ」

と答える磐音の言葉に、男たちが一斉に境内へと戻り始めた。

「なんでしょうね」

柳次郎が訝しそうな顔を磐音に向けた。

だが、磐音も答える術《すべ》を知らなかった。

「ともかくわれらも急ぎましょう」

磐音たちは走湯の一つが噴き出す坂道を上って本殿の横手に出た。すると緑の葉叢の向こうに伊豆の海がきらきらと光って見えた。

入母屋《いりもや》造りの拝殿の前では、先ほどの一団と津山藩の御用人野上たちが押し問答をしていた。

陽に焼けた連中は土地の言葉で喚《わめ》き、羽織袴の年寄たちが必死で男たちを宥めていた。

遠目にはなにやら頼みごとをしているようでもあった。

磐音らは頼みごとが鎮まるのを待つ間に、絵馬堂に掲げられた一枚の大きな絵馬に目を留めた。それは石切場から巨岩を引き下ろす光景だ。

「坂崎さん、さすがに江戸城の石垣に使われた石だ、大きいですね」

柳次郎も仰天していた。

急な山の斜面に木馬と呼ばれる橇《そり》に巨岩が神輿《みこし》のように載せられて、大勢の男たちに何十本もの綱で引かれていた。

石は人足の背丈から比較して高さ八尺、幅十尺、長さ五、六間はありそうだ。

「重さは何千貫もありそうですね」

磐音たちは、こたびの御用が想像していた以上に大変なことを絵馬に教えられた。

気付くと、羽織袴の年寄らに宥められた男たちが今度は石段を下って里へと帰っていった。

残った年寄が神主を呼んできて、津山藩の野上らと吉右衛門らが朱塗りの拝殿の屋内に上がり、

「石垣修理工事」

の無事を祈った。

磐音たちは参拝が済むのを拝殿の前で待った。

吉右衛門が厳しい顔で磐音たちの前に来た。

「里の衆のように見えましたが、何用でしたか」

「伊豆山の石切場の年寄総代に顔役、石工たちでしたよ」

と吉右衛門が答えて、

「このご時勢です、石を使った普請はそうそうあるものではございますまい。そこで伊豆山の石屋と石工たちが、こたびの石の切り出しを伊豆山の石切場に任せてくれと野上様方に嘆願なされたのです。神社でその下相談をしていたところに、

私どもが上がってきたというわけです」

　野上も困惑の顔でやってきた。

「今津屋、明日から大変じゃぞ」

「石切場が一つならば事は簡単にございますが、この界隈には無数にあるそうですからな。うちでやらせてくれとの申し出が殺到しましょうな」

「こたびの崩落した石垣に最適な材を探すことだけを考えて参ったが、そう簡単にはいきそうにないな。早々に御普請奉行の原田様と相談せねばなるまい」

「ならば少しでも早く熱海に向かいましょうか」

　一行は坂道を使い、「宿の平」に下りた。

　もはや伊豆山神社から熱海までは半里もない。

　西に傾いた陽と競い合うように一行は熱海へと急いだ。

　熱海村は韮山《にらやま》の代官江川《えがわ》太郎左衛門《たろうざえもん》が支配する地であった。

　戸数は百四十余軒、村民はおよそ千人弱の湯治場だ。

　伊豆山の走湯と並び、古くから名湯として知られた熱海村には、大湯の湯株を持つ湯戸《ゆこ》が二十七戸あったという。

　湯株とは、縦一寸、横二寸の筧《かけい》から流れ出る引湯権のことだ。

この湯戸を利用して、湯治宿が発達していた。

中でも今井半太夫《いまいはんだゆう》、渡辺彦左衛門《わたなべひこざえもん》、九太夫《きゅうだゆう》、金左衛門《きんざえもん》が主の四軒は、大きな湯治宿として知られていた。

すでに江戸の中期から大名諸侯の湯治が盛んになり、半太夫、彦左衛門の旅籠は大名投宿の本陣を兼ねていた。

江戸から仕立てた三百石船で先行していた御普請奉行の原田義里は、今井半太夫方に泊まっていた。

湯煙が棚引く熱海に下った津山藩一行は、渡辺彦左衛門方に投宿した。吉右衛門も一緒だ。だが、磐音たち三人と新三郎は、本陣の隣にある湯宿山田屋に入った。

献納の二斗樽六個が部屋に上げられ、柳次郎と武左衛門が三頭の馬を熱海村の伝馬宿に預けにいった。

「坂崎様、熱海までなんとか到着しました」

と新三郎が六千両を無事に運び入れ、ほっと安堵の顔を見せた。

「新三郎どの、明日からの手筈はどうなりますかな」

「旦那様は、野上様方と一緒に石切場を見回ると申されております。あちこちの石切場見物に数日は要しましょう」

「となると、仕事はまだ半分も済んでおらぬということになる」

磐音は酒樽を見た。

石切場との契約がなり、六千両が相手に払われて磐音たちの仕事は終わるのだ。

「まだ数日は気を張らねばなりませぬ」

と新三郎が答えたとき、

「さてさて昼餉も抜いた。名物の湯に浸かり、久しぶりに美味い酒をたっぷり飲むぞ」

と能天気に喚きながら竹村武左衛門が戻ってきた。

第四章　湯煙豆州熱海

一

武左衛門と柳次郎を先に湯に入れ、磐音と新三郎は交替することにして、酒樽の前に詰めていた。すると山田屋の番頭が、

「こちらに坂崎磐音様はおられますか。今津屋の吉右衛門様がお呼びにございます」

と知らせに来た。

磐音と新三郎はちらりと顔を見合わせ、磐音は即座に大小を手にした。吉右衛門が、

「磐吉」

と名指しせずに、

「坂崎磐音」

と本名で呼ぶ以上、なにが起こってもいいように大小を携帯することにしたのだ。

「新三郎さん、遅くなるようならば遠慮なく夕餉を済ませてください」

「承知しました。お願い申します」

新三郎が磐音を送り出した。

熱海は海を両手で抱えるように、足川《あしかわ》の岬と魚見《うおみ》崎《さき》が突き出していた。日《ひ》金《がね》山、鷹《たか》の巣《す》山、和田山から相模灘へと糸川、初川、和田川の三つの川が流れ込み、浜に近いほうから下町、本町、上町が山側に伸びて、階段状の通りの両側に湯治宿が軒を連ねていた。

磐音が山田屋の表に出てみると、あちこちから湯煙が立ち昇っていた。

吉右衛門は呼びに来た番頭と立ち話をしていた。

磐音は吉右衛門がまだ湯に入っていないことを見てとった。

「坂崎様、お呼び立てしましたな。夕餉前に浜などご案内しようと顔を出しました」

と番頭の手前、取り繕った吉右衛門が磐音に言いかけた。

「お気遣い申し訳ございませぬ」

二人は番頭に見送られて緩やかな勾配の坂を浜へと下っていった。

湯治宿では湯に入った人々が二階の手摺《てす》りに手拭いを干し、通りを往来する人々を眺めながら夕餉前の談笑をしていた。

「今津屋どの、なんぞ出来《しゅったい》しましたか」

「出来というわけではございませんが」

どこか歯切れの悪い様子で、吉右衛門はしばし糸口を探すように黙り込んだ。

そして、意を決したように、

「坂崎様には承知しておいていただいたほうがよろしいと思いましてな」

と前置きした。

磐音はただ頷いた。

「御普請奉行原田播磨守《はりまのかみ》義里様のことにございますよ。私はこれまで原田様とは面識がございませんでした。先ほど初めてご挨拶申し上げたのですが、茫洋《ぼうよう》とした風貌《ふうぼう》に似合わず、ちと難物かもしれませぬ。津山藩のお二人では太刀打ちできますまい」

ます」

「原田様は豆州の石切場をよう存じておられます。御普請奉行ならば当然のことにございますが、腹に一物あるようで、なにを考えておられるか推測が付きかねます」

「と申されますと」

二人は夕暮れの浜に出た。

沖に原田一行が江戸から乗ってきた三百石船が帆を休め、さらに沖合いに初島が、そして、その右手にかすかに大島が望めた。熱海は湯治場として有名であったが、弧状に伸びる海岸線は好漁場でもあったのだ。

浜には漁《いさ》り舟が上げられ、漁村の風景を見せてもいた。

夕暮れの空を鳶《とんび》が、

ぴいひょろろ

と鳴きながら大きな輪を描いて飛んでいる。

吉右衛門は商人の勘で原田義里をそう見たのか。

危惧《きぐ》であればと磐音は思った。

「旗本二千石高は役職の多い禄高《ろくだか》です。町奉行職から勘定奉行、御側衆、御留守居と諸々ございます。原田家はご先祖がなんぞ失態でもしでかしたようで、永の無役が続いておりました。今から十年も前に老中松平輝高《まつだいらてるたか》様への熱心な嘆願が実を結び、義理様が駿府《すんぷ》御奉行の職に就かれた。数年後には御作事奉行に替わられ、さらに三年前より御普請奉行に就任なされました。これだけでも凄腕《すごうで》、あるいはやり手ということが分かります」

吉右衛門は江戸を出る前に下調べしたのか、すらすらと原田義里のことを磐音に告げた。

「ご存じかもしれませんが、御作事も御普請奉行も出入りの者たちとの付き合いが多い。木工が専《もっぱ》らの御作事はこまごまとした仕事が多く、御普請は石垣などの修理ですから、そうそう御用はございませぬ。つまりは美味い汁がなかなか吸えない代わりに、賞味するとなるとお椀《わん》の中身が多いというわけです。どうも原田様はこたびの石垣修理で懐を潤そうとされているのではないか、そのような感じを持ちました」

二人は肩を並べて、鄙《ひな》びた漁村を南に向かってそぞろ歩いた。

磐音はただ頷き、吉右衛門は磐音相手に話しながら自分の気持ちを整理しているのだと気付いた。

だが、それは思い付きなどではなく、すでに江戸での下調べがあってのことだと気付かされた。さすがは江戸の両替商六百軒を束ねる両替屋行司の吉右衛門だ、抜かりはなかった。

ともあれ、吉右衛門は原田の気持ち次第では石垣修理の費えが大きく異なることに不安を抱いていた。

藩財政が苦しい津山藩への貸し付けはできるだけ少なくしたいと考えるのは当然だ。

それが原田の匙《さじ》加減一つで費えが予測を超えるとなると、金子を貸す今津屋の商いにも当然差し支えが生じることになる。

吉右衛門が深刻に思案するわけだ。

「御作事奉行時代の原田様に噂がございますのか」

「出入りの大工頭に賂《まいない》を強要する奉行として知られておりました」

吉右衛門ははっきりと言い切った。やはり江戸で下調べをつけて熱海に乗り込んでいたのだ。

「原田様のご一行に下役の役人が同行しておられます。その中でも腹心は、御普請下奉行の種村兵衛《たねむらひょうえ》様です。御作事奉行時代からの主従で、こたびも熱海に種村様を先行させておられます。石切場を持つ石問屋や石工の頭《かしら》とはすでに種村様が面談なされ、諸々を決めておられるように推量されます」

御普請奉行の配下筆頭が定員二名の御普請下奉行だ、身分は百俵十人扶持《ぶち》、手当金八両である。

この他、御普請奉行の原田の下には御普請改役、御普請役、御普請方同心などの職階の役人が就く。

「すると津山藩の野上様方のお立場はどうなります」

「費えの金子を払うお役目ということですかな」

「それでは金子がいくらあっても足りますまい」

「伊豆山神社で伊豆山の石工たちが私どもに嘆願した背景には、先行なされた種村様が都合のよいように段取りすることへの不安があったようです」

「困りましたな」

「困りました。私としては津山藩にお貸しする金子はこたびの六千両で終わりにしたい。早々に戻る当てのない金ですからな」

「なんぞ手を打つ要がございますか」

磐音が訊いた。

「今のところは原田様の出方次第です」

「野上様は明朝からどのように動こうとなされておられるのですか」

「石切場をすべて見て、安価で上質な石を産する石切場の見当を付けたいと申しておられます。むろん石切場から海岸まで搬送路が短いところがよい。搬送路の長短は即人足の費えに影響しますからな」

「今津屋どのは同行なされますか」

「いたします」

ときっぱり言い切った。

「それがしも同道したほうがようございますか」

「お願い申します。もはや馬方ではなく、今津屋後見の坂崎磐音様として同道くだされ」

「酒樽の中身のことはそれがしの一存で品川さんと竹村さんに話しております。それがしが留守の日中は二人に番をしてもらいます」

「お願い申します」

と答えた吉右衛門が、

「原田様は江之浦の一件を承知で、今津屋は浪人者を馬方などに身を窶《やつ》させて同道しておるそうだのう、こたびの仕事は幕府の御用ということを忘れるでない、と皮肉を申されました」

「で、どのように返答なされました」

「大金を用立てるのです、道中の安全は当然のことにございます、と答えたところ、幕府の威光があればそのような連中は要らぬと申されました。もはや幕府の威光などないも等しいということを直参《じきさん》旗本が気付いておられません」

と言い切った吉右衛門が、

「来年の日光社参の道中の費えを自前で捻出される大名旗本方は、半分にも達しますまい。残りの半分が、われら出入りの商人《あきんど》への借財で公方様の供をされるのです」

と苦笑いした。

「坂崎様、原田様に顔を合わせる折り、嫌みの一つも言われるかもしれません。我慢をしてください」

「承知しました」

二人はそのとき、熱海の浜に流れ込む和田川河口まで歩いてきていた。

和田川、和田浜の名の由来は、平安中期、この地に北条氏の先祖の和田四郎太夫《しろうだゆう》が住んでいたことに発する。

根府川往還は、熱海から熱海峠を越えていく三島道と、多賀、伊東を通って下田に向かう東浦路（下田道）に分岐する。

その東浦路に、ちらちらと灯りが動いていく。

夜道を旅する人の灯りか。

浜には夕闇《ゆうやみ》が訪れて、人影もなくなった。

「さて戻りましょうか」

吉右衛門の言葉に、二人は今歩いてきた浜を戻り始めた。

半丁も歩いたか、漁り舟の陰から数人の男たちが姿を見せた。着流しに長脇差を差した姿は土地のやくざ者のようだ。

磐音は吉右衛門にぴたりと寄り添った。

「湯治の旦那、ちょいと金に困ってるんだ。懐の財布を貸してもらいてえ」

兄貴株が吉右衛門にふてぶてしくも言った。

「お生憎《あいにく》でしたな。そなた方が見てのとおりの湯治客、金子は旅籠《はたご》に置いて参りました」

「江戸の両替屋筆頭の旦那が無一文で外に出るものか」

急に相手は居直り、

「怪我しますぜ」

と脅した。

「語るに落ちるとはそのほうらだな。最初から今津屋の主《あるじ》と承知で言いがかりをつけたとみえる」

磐音が吉右衛門を背に回して、応対した。

「さんぴん、護摩の灰を退治したというのはおめえか。おめえの命は貰い受けた」

やくざどもが一斉に長脇差を抜いた。

磐音が長船長義の柄《つか》に手もかけず、
すいっ
と前に出た。

それに釣られた兄貴分が、振りかぶった長脇差をいきなり磐音の額に叩きつけてきた。

度胸だけが取り柄のやくざ剣法だ。

磐音は腰を沈めて相手の内懐に入り込むと、振り下ろす腕を下から肩で突き上げて身を捻《ひね》り、腰車で浜に叩きつけた。

強《したた》か浜に叩きつけられた兄貴分は、
きゅっ
と呻いて気絶をしたか、ぴくりとも動かない。

「やりやがったな」

と仲間たちが一斉に磐音に飛びかかってきた。だが、そのとき、磐音の手には兄貴分から奪い取った長脇差が峰に返されてあった。

その長脇差が一閃また一閃されて、やくざ者たちは腰を打たれ、肩口を叩かれて散々な目に遭《あ》った。

「覚えてやがれ!」

とお定まりの声を残してやくざ者たちが浜から走り去った。

残ったのは腰車で気絶した兄貴分だ。

「今津屋どの、先ほどからどうしたものかと思案しておりましたが、相手方からちょっかいを出してこられた。こやつを締め上げ、たれに頼まれかような真似をしたか問い質してみましょう」

「普段、荒事とは縁がありませんが、とくと見物させてもらいましょう」

と吉右衛門が平然と応じた。

磐音は気を失った兄貴分をひょいと肩に担いで、近くの漁師の網小屋に向かった。

この夜、磐音が山田屋に戻ったのは五つ半（午後九時）になろうとする頃だった。

竹村武左衛門は真っ赤な顔で満足そうに酒を飲んでいたが、品川柳次郎と新三郎は料理に手も付けず、磐音を待っていた。

「夕餉を食されておられぬのか。それがしに遠慮なさらず食べてくださいと申し上げましたのに」

「そうであろう。親しき友の間に遠慮は無用と説いたのだが、この二人、頑固に箸も取らぬのだ。それがし、竹村武左衛門は、かような他人行儀なことはせぬぞ」

磐音の言葉に応じた武左衛門に柳次郎が、

「竹村の旦那は黙って酒を飲んでおればいいのだ」

と言い、磐音に向かって、

「新三郎どのもまだ湯に入っておられぬのです。どうです、遅くなったついでに二人で汗を流してこられては。その間に、冷めた汁など温め直させます」

「ならば、そうさせてもらいましょう」

磐音と新三郎は手拭いを提げて、山田屋の湯に入りに行った。

夕餉の刻限も過ぎて湯に人影は見えなかった。

ざっと汗を流した二人はとっぷりと湯に体を沈めた。

顔を湯で洗うと塩気がした。

「坂崎様、なんぞございましたか」

心配していた新三郎が訊いた。

「浜で、土地のやくざ者と思える男たちに絡まれました」

「なんということ。旦那様にお怪我はございませんか」

新三郎はまずそのことを気にした。

「今津屋どのにはなんの心配も要らぬ。だが、ちと厄介な旅になったようだ」

と磐音は、御普請奉行原田義里の一件を掻い摘んで話した。それは吉右衛門と相談して、同行の三人にも事情を承知してもらっていたほうがよいと許しを得ていたのだ。

「どうりで御普請奉行様方は先行なさったわけですね」

と新三郎が応じた。

「手捕《てど》りにした兄貴分の梅松《うめまつ》を網小屋に連れ込んで問い質すと、すぐに白状しました。この界隈を縄張りにする日金の欽五郎《きんごろう》と申す田舎やくざの子分でした。そなたに悪さを頼んだのはたれじゃと責めたところ、上多賀の石切場の主、糸川の儀平《ぎへい》ということまで判明した。今津屋どのやそれがしが知らぬことがありそうだ。六千両の始末がちゃんと付くまで気を抜くなとの言伝にござる」

「承知しました」

と緊張の顔で応じた新三郎が、

「坂崎様、背中を流します」

と湯から上がった。

「背中を流してもらうとは恐縮です」

「大汗を掻いてもらったのです。それくらいなんでもございませんよ」

と新三郎が糠《ぬか》袋を手に磐音が湯から上がるのを待ち受けた。

二人が部屋に戻ると武左衛門は高鼾で隣部屋に大の字になっていた。

「この有様です」

柳次郎がすまなそうに二人を見た。

「昼餉抜きで旅してきたのです。酔いが早く回ったのでしょう。休めるときに休んだほうがよい」

「坂崎さんはそう言われるが、休む要のない者が休んでいるのです」

と柳次郎が苦笑いした。

「まあ、竹村さんには汗を流してもらうときが来るでしょう」

鰺の造りに温め直した金目《きんめ》の汁で三人は酒をゆっくりと酌み交わし、磐音は柳次郎に海岸で起こったことを告げた。

「なにかありそうだとは思っていましたが、そのようなことが」

「思ったよりも滞在が長くなりそうです。江戸に知らせておいたほうがよいかもしれませんね」

と言いながら、磐音は御側衆速水左近の言葉を思い出していた。

江戸を出る前、佐々木道場で会った速水が、

「坂崎どの、道中なんぞあれば、それがし宛てに急ぎ知らされよ。江戸でできることをいたすでな」

と含みのある言葉を告げたのは御普請奉行原田播磨守義里のことであったかと

思い当たった。

この夜、磐音は速水左近に宛てた書状を認《したた》め、その夜のうちに飛脚便で送った。

二

徳川家康は天正《てんしょう》十八年（一五九〇）に東国江戸入りした。さらに慶長五年（一六〇〇）、天下分け目の関ヶ原の合戦に勝利した家康は、覇権を手中にすると江戸城の大々的な増改築に入った。

江戸城の本格的な工事は、慶長十一年（一六〇六）の天下普請で開始され、縄張（棟梁《とうりょう》）は伏見城などを手がけた伊予《いよ》今治《いまばり》藩主藤堂高虎《とうどうたかとら》に命じられ、助役大名三十二家の大規模なものであった。

この天下普請は、寛永《かんえい》十三年（一六三六）まで三十年にわたって営々と続けられることになる。

その間、西国大名は海上輸送で、東国大名は上野《こうずけ》国中瀬から陸路で、城砦《じょうさい》工事に必要な巨岩を運ばせ続けた。

船で石を運ぶことを命じられた西国大名の石の割当ては、十万石に付き、人足百人がかりで運ぶほどの巨石、千二十玉であったとか。

これらの石材が主に採掘されたのが、相模の真鶴から伊豆の稲取にかけての一帯であった。そして、江戸城の改築が成った後も、熱海・伊豆山・網代の青石、白石、真鶴の小松石などは、江戸の町の建築資材として江戸に運ばれ続けたのである。

天下普請の慶長期、城改築に際して石切場として割り当てられた、各大名家の石丁場《いしちょうば》（石切場）は、

伊豆山村　姫路藩　池田玄隆
　　　　　岡山藩　池田忠継
　　　　　小浜藩　京極忠高
熱海村　津山藩　森忠政
多賀村　広島藩　福島正則
　　　　　佐賀藩　鍋島勝茂
　　　　　飫肥《おび》藩　伊東祐慶
網代村　福岡藩　黒田長政
　　　　　小倉藩　細川忠興

大村藩　大村純信
　採掘藩　不明

初島
であった。

津山藩の森家が熱海から採掘したのは確かだ。だが、代替わりした津山藩の松平家がこたびの石垣崩壊に作事を割り当てられたのは偏に幕閣の考えや動きを見極めきれなかった留守居役らの藩外交の失態と言えた。

「こたびの御用、なぜか津山藩だけが貧乏籤を引くことになった……」

と嘆く御用人野上の言葉以上に、津山藩五万石にとって負担の重い普請の沙汰《さた》であった。

津山藩の御用人野上九郎兵衛を頭とする一行は、熱海から一番南に位置する網代の石切場視察から始めることにした。

それを監督する幕府の御普請奉行からは御普請下奉行の種村兵衛が同行し、改役、同心など十数人が従う手筈になっていた。

御普請奉行の原田義里は石切場が内定して後に動くということで、熱海に留まるという。

山田屋に宿泊する磐音ら四人は、磐音と新三郎が吉右衛門に従い、柳次郎と武左衛門が酒樽の見張り役で熱海に残ることになった。

「なにっ、おれと柳次郎は宿で六千両の番か。気を遣うな」

と武左衛門が愚痴を言った。

「竹村さん、樽はあくまで石切場が決まったときに神社に献納する神酒です。六千両のことは口にしないでください」

と磐音が武左衛門に釘を刺した。すると武左衛門が、

「坂崎さん、これでも時と場所は心得ておる。安心して石切場巡りをなされよ」

と胸を叩いて一行を送り出した。

磐音と新三郎は一抹《いちまつ》の不安を残しつつも、津山藩一行が投宿する渡辺彦左衛門方に向かった。

新三郎は手甲脚絆に股引《ももひき》、菅笠に草鞋履きの拵《こしら》えだ。それに比して、磐音は一文字笠に着流し姿の、腰に備前長船長義と脇差を落とした軽装だった。

夜明け前の刻限、渡辺家の玄関先には松明《たいまつ》が燃やされて、すでに陣笠《じんがさ》を被った御用人の野上九郎兵衛や吉右衛門が顔を揃えたところだった。一行は木綿《もめん》足袋《たび》の上に草鞋を履いた武者草鞋の足拵えで、厳重な山歩きの仕度だ。

「遅くなりました」

「これで揃うたか。ならば今井半太夫方に参ろうか」

だが、津山藩の一行は熱海の本陣を兼ねた半太夫方の門前で半刻（一時間）も待たされた。

同行する御普請下奉行の種村兵衛一行が玄関先に姿を見せたとき、すでに朝を迎えていた。

「種村様、よしなにお願い申します」

武士としての格から言えば、断然格上の野上九郎兵衛が、百俵十人扶持の種村に頭を下げ、

「うーん」

と横柄にも返答しただけの種村が馬に乗った。

石切場査察の一行の内、乗馬は種村兵衛だけだ。いわば幕府の威光を笠に着ての馬ということになる。

一行は熱海村外れの和田浜から東浦路の山道にかかり、上多賀村、下多賀村を通って網代村へと向かった。

相模灘と海に浮かぶ初島、大島の景勝を望みながら、一行は粛々と険阻《けんそ》な山道を進んだ。

種村は半里も進まぬ錦ヶ浦で休憩を命じ、その後も度々馬から下りては煙草を吹かして長々とした休息をとった。

「種村様、本日のうちに網代村と上多賀、下多賀村の石切場を見ておきとうございます。ちと強行軍かと思いますが、先を急いでいただけますまいか」

さすがに野上が種村に訴えた。すると種村が、

「野上どの、そう慌てめさるな。豆州界隈の石切場は、およそのところを幕府御普請方は摑んでおる」

と取り合おうとはしなかった。

磐音は吉右衛門と肩を並べた折り、確かめ合った。

「やはり原田様はすでに石切場を決めておいでのようでございますな」

「どうしたもので」

と吉右衛門が磐音を見た。

「それがし、別れて先行いたしましょうか。本日のうちに網代と上多賀、下多賀の石切場の様子を見て参ります」

「そう願えますか」

磐音は上多賀村に入る前に一行から離れて、東浦路を網代へと急ぐことになっ

た。

磐音が熱海からおよそ二里の網代村に入ったのは、四つ半（午前十一時）の刻限だ。海岸で網を干していた漁師に石切場を訊くと、

じろり

と磐音の風体《ふうてい》を見やり、黙って背後の山を指した。指した辺りに東浦路から分岐する山道が口を開けていた。

網代は大昔から、大風が吹くと荒波を避けるために立ち寄る湊として知られていた。

網代とは、

「網を入れる場所」

という意で、海が深く、獲《と》れる魚も豊富であった。

網代湊には尾張屋、仙台屋、さいか屋（阿波藩）、土屋（紀州藩）、あわ屋（芸《げい》州《しゅう》藩）、遠州屋、播磨屋の七軒の船宿があって、決められた国の廻船の世話をしていた。それだけに網代は栄え、

「京大坂に江戸網代」

と言われる繁盛ぶりであった。

「手を休めたな」
磬音は礼を述べると、旅籠の並ぶ湊から山道に分け入った。
九十九折《つづら》りの坂道は急だった。
道の両側から青芒《すすき》が差しかけ、夾竹桃《きょうちくとう》が赤い花を咲かせているのが見られた。
人家もない山道を四半刻（三十分）も登ったか、風に乗って大勢の人声がしてきた。
磬音は山道を外れて、夏の芒が生い茂る斜面を声がするほうへとしゃにむに進んだ。
青芒のせいで視界は全く利《き》かなかった。
ついには東に向かっているのか西に向かっているのかさえ定かでなくなった。
磬音は立ち止まり立ち止まりして耳を澄ませては、勘を頼りに突き進んだ。
ふいに視界が大きく開けた。
顔に風が吹き上げてきた。
磬音は石切場の頂に立っていた。
足元に何百尺も切り立った崖《がけ》が望めた。石を切り出した跡だ。
眼下を覗くと、何十人もの男たちが筵旗《むしろばた》を押し立てて、談合をしている様子だ。

磐音は伊豆山神社で集まりを持っていた石屋や石工たちを思い出した。おそらく、幕府の御普請奉行と普請を頼まれた津山藩が石切場の見学に来るというので、嘆願しようと集まった男たちだろう。

磐音は懐から手拭いを出して額の汗を拭《ふ》き、長船長義を腰から抜くと近くの岩に腰を下ろした。

一文字笠の縁《へり》を上げて、空を見上げた。

白い光を放つ夏の太陽が中天にあった。

だが、海からの風が吹き上げるので、江戸の暑さほど息苦しくはなかった。

磐音はふいに視線を感じた。

視線を巡らすと、十数間も離れた岩の窪《くぼ》みに老人が座して、磐音を見ていた。

「旅の方ですな」

「いかにも、江戸から参った者にございます」

「石切場に関心をお持ちか」

「ちと事情《わけ》がございまして」

「その事情とやらを、この爺《じじい》に話して聞かせる気はございませぬか」

磐音は相手を観察した。

物腰も柔らかく、着ている物もただの百姓や漁師のそれではなかった。裁《た》っ着《つ》け袴《ばかま》の腰にぶら提げた革の煙草入れも細工が凝っていた。

「ご老人、そなたも石切場の談合に関心がおありか」

「ありますとも。久しぶりの大仕事の注文かもしれませぬでな」

と答えた老人が、

「私は上多賀村の庄屋、青石屋千代右衛門《ちよえもん》と申します」

「それがし、坂崎磐音と申す浪人者にござる」

「浪人さんがなぜまた石切場に参られたな」

磐音は相手の人柄に正直話してみようと決断していた。

「それがし、こたびの江戸城の石垣普請を命じられた津山藩の一行に加わっており申す」

「浪人さんは津山藩に関わりがございますので」

「いや、その津山藩に出資なさる商人どのに頼まれての旅にござる」

「両替屋行司今津屋吉右衛門様の関わりの方とな。はて、その方がなぜ密かに網代の石切場を見学に参られたな」

千代右衛門は、津山藩の背後に今津屋が控えていることも承知していた。

「ご老人、そなたは上多賀村の庄屋どのと申されたが、こたびの普請、上多賀村の石切場から切り出されるよう働きかけておられるか」

「むろんわが村に沙汰が下りることに異論はありませぬ。だが、そのためにこの界隈の村々に百年の遺恨を残すようでは困ります」

その言葉を聞いた磬音は、

「正直にお話し申そう」

と今津屋に同行してきた経緯《いきさつ》、道中の見聞、さらには昨夜の襲撃騒ぎなどを語っていた。

「やはり御普請奉行原田様は、糸川の儀平とすでに密約を交わしておりましたか」

千代右衛門は磬音の話から、原田が上多賀の石切場の主、糸川の儀平と関わりがあると推定していたようだ。

「御普請奉行が豆州の石切場の主と古くから縁があるとも思えませぬが」

「原田様は御普請奉行に就かれる前は御作事奉行でしてな。江戸城西の丸の茶室の石を探すとかで、この界隈に見えられたことがございますのじゃ。その折り、糸川の儀平と肝胆《かんたん》相照らす仲になったと思われます。原田様も儀平も黄金《こがね》色には滅法弱うございますからな」

「なんとそのような繫《つな》がりがございましたか」

「江戸城外曲輪《そとぐるわ》で石垣が壊れた直後、早々に原田様の配下の下奉行種村兵衛様が豆州入りなされて、糸川の儀平と話を取り決めたようなのです」

「となると、他の石切場がいかに嘆願をなされようと、すでに勝負は決まったも同然ですか」

「さよう」

「困ったことですな」

「さよう、困りました」

千代右衛門と磐音は顔を見合わせた。

「今津屋ではこたびの入費の過半を津山藩にお貸しなされます。その大事な金子を、幕府の腹黒い鼠や石切場の主に食い荒らされたくはないのです」

「私どもも久しぶりの大仕事です。この界隈の石切場が潤う、適正なる道を御普請奉行様につけていただくと大助かりです」

「それはひいては幕府のため、津山藩のため、今津屋のため、そして、この豆州のためでござるな」

「全くおっしゃるとおりにございます」

「どうしたものでしょうな」

「なにしろ相手は幕府のご威光を笠に着ておられる。私どもではなんともしようがございません」

千代右衛門が困った顔をした。

「ご老人、そなたはこの界隈の石切場をすべて承知でございましょうな」

「苗字を青石屋と申すのですよ。代々石と関わりを持ってきた家系、およそのところは承知しております」

「江戸城外曲輪の石垣修理に一番適した石はどちらの石切場で産するものにございますか」

「難しいお尋ねですな」

としばし考えた千代右衛門は、

「坂崎様、私が網代から真鶴までの石切場をすべてご案内しますで、坂崎様の目でお確かめなされ」

「ご迷惑ではございませぬか」

「お互い分かり合うためにはそれが一番よいと思われます」

「お願いいたします」

磐音は千代右衛門に頭を下げた。

「ご覧なされ。網代の石切場は海からだいぶ奥へ入ったところで石を切り出しております。ということは、海までの積み下ろしが大変、助郷《すけごう》の人足が大勢要るということです」

千代右衛門が磐音の願いに応えて懇切な説明を始めた。

七十歳に近いという千代右衛門は健脚だった。それに伊豆の山道、間道をよく承知しており、磐音はその日のうちに網代、下多賀、上多賀の石切場を見て回った。

「坂崎様、明日には小舟を用意します。朝早くから動けば初島、熱海、伊豆山、真鶴の石切場を見ることができます。どうです、この刻限から熱海に戻られるのでは無駄です。うちにお泊まりになりませんか」

と申し出てくれた。

「有難いお言葉にござるが、それがしの主にこのことを伝えねばなりませぬ。一度、一行と連絡《つなぎ》を取りたく存じます」

「それならばご心配には及びません。糸川の儀平の屋敷では種村様のご一行を泊める用意を何日も前からやっておりました。今津屋様のご一行も上多賀神社に泊まらされる羽目になりましょう」

「なんと最初からこの地に泊まる心積もりでしたか」

磐音は上多賀村の浜に小さく突き出た高台に建つ青石屋千代右衛門の屋敷に招かれることになった。

網代と下多賀の石切場を見た幕府の御普請下奉行と津山藩の一行が上多賀に到着したのは、暮れ六つ（午後六時）の刻限であった。

「野上どの、もう刻限も遅い。上多賀の石切場は明日にも見物いたそうか。そこもとらは宿泊所をこの地の上多賀神社の宿坊に用意してござる。ゆっくりと休養なされよ」

と申し渡した種村らは、さっさと上多賀の石切場の持ち主糸川の儀平の家に入った。

まさか上多賀村で泊まりになるなど考えてもいなかった野上らは、憮然として上多賀神社に入った。

磐音が上多賀神社に吉右衛門を密かに訪れたのは、到着して四半刻も後のことだ。かたわらに控えた新三郎もほっと安堵の様子を見せた。

「坂崎様、どうしておられました」

「それがしも、この村の青石屋千代右衛門どのと申される庄屋屋敷に厄介になっております」

「庄屋様の屋敷とな」

「元々上多賀村の石切場を所有していたのは、千代右衛門どののご先祖でした。その先代に仕えておったのが番頭格の糸川の儀平であったそうです。おっとりなされた先代の千代右衛門どのを騙して、石切場の権利をそっくりわがものにしたのが儀平なのでございます。当代の千代右衛門どのらは韮山の代官所に幾度も訴え出られましたが、書面上は先代が儀平に譲り渡したことになっており、どうにも手の打ちようがございません。千代右衛門どのはこたびの石御用を豆州の石屋のためにもなんとか役に立てたいと考えておられますが、儀平が御普請奉行の原田様と手を結んで、すべての下工作は終わっているそうです」

磐音は千代右衛門老人から聞き知ったことをすべて吉右衛門に報告した。

「坂崎様、どうりで種村様の石切場視察がおざなりのわけですな。その上、私どもは予定外にこの地に泊まらされることになった。野上様は肚に据えかねておられるが、幕府には楯突《たてつ》けないのが大名家です」

「今津屋どの、それがし、明日一日にて初島、熱海、伊豆山、真鶴の石切場を見て回ります。すべての報告はその折りにいたします」

「ですが、坂崎様、原田様が上多賀村の儀平と組むという心積もりならば、どうにも抗《あらが》う術《すべ》がございますまい」

「まず石切場の現状を確かめ、最適な石を最適な方法で切り出し、江戸に安全に運ぶことが、こたびの石垣修理の第一にございましょう。むろん費えは適正な値であり、豆州の人々や助郷の方々に負担をかけぬことにございます。そのためにはとくと石切場を見て回ることです」

「その先のことは視察した上でとおっしゃるわけでございますね」

「さよう」

「このこと、野上様方にお伝えいたしますか」

「いえ、野上様方には二、三日辛抱していただきましょう。種村様が気付かぬともかぎらぬゆえ用心に越したことはございませぬ」

「承知しました」

「今津屋どの、連絡は必ずつけます」

それでも不安そうな主従を神社の宿坊に残して、磐音は闇に消えた。

「お願い申します」

三

初島は熱海の沖合い三里の海上に浮かぶ孤島である。

その周囲およそ一里、東西九丁半、南北五丁半、火山によって造られた島ではなく、元々網代辺りと地続きだった丘の一部が海に沈降して、初島だけが残ったと考えられる。

この島に人が住み始めたのは古く、縄文時代といわれる。

だが、小さな島のこと、江戸時代の天保《てんぽう》元年（一八三〇）以降、初島は戸数を四十一軒に限って分家を許さなかった。それは後世まで続く島の決まりごとであった。

千代右衛門が用意した舟で初島を磐音が訪ねた安永期（一七七二〜一七八一）、三十九戸の家が小さな島に寄り添うように暮らしていた。

千代右衛門は初島の集落を避けて、舟を南に回し、島の人間も住まない岩場に接岸させた。

水平線からようやく朝の光が顔を覗かせた刻限だ。

一文字笠を被った磐音は草鞋を履き、着流しの裾《すそ》を尻端折りして岩場をよじ登り、島の石切場を目指した。

初島には山はない。島全体が高さ十五、六間余の平らな台地であった。

だが、訪ね当てた石切場は草が生い茂って見る影もなく、江戸城修築の折りに切り出された巨大な跡には雨水が溜まっていた。

島全体を夏草が青々と覆っていた。

南からの強い風がさわさわと夏草を揺らした。

青嵐《せいらん》とか青嵐《あおあらし》と呼ばれる風だ。

「初島は天下普請の御用の後、石切場を閉ざしておりましてな」

千代右衛門はすべてを磐音に見せる気で、前もって閉鎖の事実を告げなかった。

「初島の石切場を再開するとなると手間と費えがかかりますね」

「さよう、切り出した石を運ぶ人足を集めるだけでも大変にございましょう」

「戻りましょうか」

二人は夏草の生い茂る斜面を苦労して舟の繋がれた岩場まで帰り着いた。

「長吉《ちょうきち》、福浦に向かえ」

船頭に命じた千代右衛門は用意してきた包みを解いた。

重箱が現れ、握り飯と煮しめ、漬物などがぎっしり詰められていた。

「朝飼抜きで家を出ました、腹も空かれたでしょう」

「頂戴いたします」

海の上で食べる握り飯の味は格別だった。

「飯の塩加減も煮しめの味付けもなんとも申せません。美味しゅうござるな」

磐音は握り飯を頬張《ほおば》り、煮しめを口に入れて、至福の顔をした。こうなればだれが話しかけても磐音は食べることに専念して、その顔は生まれたての赤子が母の乳を飲むようだ。

「なんとまあ、坂崎様の無心なことよ」

と呆れた千代右衛門が、

「さすがは江戸有数の豪商の今津屋吉右衛門様じゃ、人を見る目を持っておられる」

と呟いたものだ。

磐音は握り飯を三つ食べてようやく周囲の光景が目に留まるようになった。

熱海の浜を出たと見える白い帆を揚げた三百石船が初島を目指していた。

「原田様の乗ってこられた三百石船ですね」

「原田様が、船遊びか釣りを楽しまれるために船を出されたのでございましょう。なんとも余裕のあることで」

千代右衛門は皮肉を言い、

「船には不逞《ふてい》の剣術家を何人も乗せているということです」

と不思議なことを言った。

帆船は初島を目指して進んでいた。

一方、磐音たちの乗る舟は初島からほぼ真北に進路をとって、真鶴岬の先端の三ッ石を目指していた。

伊豆山、大黒崎、門川を海上から望遠しながら、舟は進路を少しずつ北西に変えていき、長吉は福浦湊に安着させた。

刻限は四つ（午前十時）過ぎだろう。

「長吉、われらが戻ってくるのに一刻半（三時間）はかかろう」

千代右衛門は船頭に言い置くと、磐音を連れて、福浦から真鶴の石切場のある山道へと分け入った。

四半刻も山に入ると、規則正しい鏨《たがね》の音が響いてきた。

石切場で職人たちが石を切り出すために鏨を玄翁《げんのう》で叩く音だ。

千代右衛門は石切場を見下ろす尾根に磐音を案内すると一息ついた。

磐音は眼下の光景に目を奪われていた。

真鶴の石切場では褌一丁にねじり鉢巻《はちまき》の男たちが、巨大な岩の壁に鏨と玄翁、さらには鉄棒や柱だけで戦いを挑んでいた。中には十三、四の子供も混じって、石と格闘していた。

石切場の底では牛車に載せられた岩が運び出される光景も見えた。さらには石割り鑿《のみ》で石を割っている職人たちの姿もあった。

あまりにも巨大な岩壁に挑む人間たちは蟻《あり》のように小さく、儚く見えた。だが、この巨大な石の穴を切り割ったのは人間の手と力であった。

感動に言葉もなく眺めていると、

「小松石は江戸城の普請に多く使われた石にございますよ。里には細工場もあり、細工職人もいる。ただ、外曲輪で使う大石を運び出すとなると、石切場から海まで丸太《ころ》を敷き詰めた搬送路の橇《そり》道を新たに作らねばなりますまい」

と千代右衛門が説明した。

千代右衛門がなぜ親切にも石切場の案内役を買って出たのか、磐音はそのことを考えていた。そして、千代右衛門がこたびの幕府御用を豆州の石切場合同で受けたいと考えているのでないかと推測した。

石垣修理には膨大な石を要した。一村の石切場が受けるにはあまりにも過重すぎた。それを各村の石切場が分担すれば、無理なくどこの村もがそれなりに潤う話だ。

普請に直接携わる津山藩にとっても、津山藩に金子を用立てる今津屋にとっても、最善の方策と思えた。

だが、この方策の前に、御普請奉行の原田播磨守義里が立ち塞がっていた。

次いで、伊豆山に向かう。

海から伊豆山神社に向けて長い石段が一直線に伸びていく様は、まるで天に続く階段のように思えた。

千代右衛門と磐音は再び舟を降りると伊豆山の石切場を目指した。

「巨岩を伊豆山から切り出すとなると、この急崖に搬送路を作ることになりますか」

「巨きな木馬（橇）に載せて、丸太《ころ》を敷いた橇道を一気に海まで坂落とします。

危険も伴いますな」

二人が石切場の見える山道に入ろうとすると、偶然にも一人の男が山道を下ってくるのに出会った。

先日、磐音は伊豆山神社の境内で伊豆山の石屋や石職人たちと会っていた。石職人ではない。

磐音はその顔に見覚えがあった。

いきり立つ石工たちを止めていた一人だ。どうやら年寄総代を務める石屋の主のようだ。

「おや、上多賀村の千代右衛門様ではねえか。どこへ行きなさるな」

「私の知り合いが石切場を見たいというでな、あちらこちらと案内しているところだ」

男は磐音の風体をしげしげと見て、

「われが案内《あない》しよう」

と今下ってきたばかりの道を戻り始めた。

「恐縮じゃな、鶴蔵《つるぞう》さん」

「なんの、千代右衛門様もただ石山に案内に立ったわけではあるめえが。御普請奉行のご一行が熱海に神輿《みこし》を据えておられるのじゃからな」

鶴蔵は二人の行動を疑っていた。

「鶴蔵さん、御普請奉行の一行は伊豆山の下見に来られたか」

「いや、音沙汰なしだ。すでに上多賀の儀平が修理の石は一手に引き受けたという噂が飛んでいるが、ほんとうかねえ」

鶴蔵は千代右衛門の顔を覗き込んだ。

「おまえさんも承知のように、儀平は昔うちの番頭だった男ですよ。うちは石山の権利を奪い取られて、手も足も出ませんな。噂が真実かどうか確かめようもない」

「その千代右衛門様が、なんで石切場の見物かえ」

鶴蔵は山道で足を止め、二人の顔を覗き込んだ。

千代右衛門が磐音の顔を見て、しばし考え、言い出した。

「鶴蔵さん、おまえさんに会ったのは伊豆山権現のお引き合わせかもしれぬ。話を聞いてもらおうか」

「なんの話だね。話次第では聞かねえこともねえが」

「このお方は、こたびの石の切り出しの費えを融通される今津屋吉右衛門様関わりのお方だ」

「は、はあん」

と鶴蔵が声を上げ、

「どこぞで見かけた面《つら》だと思っていたぞ。馬方の一人か」

と磬音を見た。

千代右衛門は山道の端に転がる石に腰を下ろした。

「今津屋は浪人の奉公人も持っているか」

「まあ、聞きなさい」

と鶴蔵も座らせた。

千代右衛門は磬音が石切場を見て回る理由を鶴蔵に告げた。その上で、

「鶴蔵さんや、こたびの石切り出しを儀平一人の手に任せてはなるまい。さようなことをすれば、御普請奉行原田様と儀平の懐を肥やすだけだ。一方、豆州のためにならないばかりか、百年の遺恨を残す」

鶴蔵はまだ疑わしそうな顔で千代右衛門を見ていた。

「鶴蔵さん、おまえさんは私が上多賀の石切場を儀平から取り戻そうと動いておると思うていなさるか」

「そういうわけではねえが」

　としばし腕組みした鶴蔵が、

「千代右衛門様、おめえ様の忌憚《きたん》のねえ腹積もりを聞かせてもらおうか」

「鶴蔵さん、幕府の役人に楯突く話だ。どこであれ、石切場が抜け駆けしてはならぬ。この界隈の石切場が力を合わせて、御普請奉行原田様に一同で掛け合う覚悟が要る」

「おめえ様は、こたびの石御用を、この界隈の石切場総出で受けようと言いなさるか」

「それが幕府にとっても津山藩にとっても、ひいては金主の今津屋さんにとっても、またこれが一番大事なことだが、私ら豆州の者にとってもいいことではないか」

　磐音は自分の推量が当たったと思った。これは今津屋にとっても最善の途だった。

　鶴蔵は岩の上に胡坐《あぐら》をかき、腕組みしたまま目を瞑《つむ》って長考した。再び目を開けた鶴蔵は、磐音を見た。

「今津屋様は津山藩に銭を用立てるつもりか」

真剣な鶴蔵の眼差しを受け止めた磐音は、

「すでに熱海に運び込んでおられる。われらが馬の背に振り分けた酒樽がその金子でございます」

「なんと、われは大金と面会していたか」

と笑った鶴蔵が今度は千代右衛門を見た。

「上多賀の庄屋様、伊豆山の年寄総代の鶴蔵になにをせよと言いなさる」

「糸川の儀平を省いた石屋や石工の親方の同意を取り付けられますか」

「こたびの御用、真鶴から網代の石切場一同で御用を承《うけたまわ》るということだな」

「念には及びません」

「原田様に知られちゃならねえな」

「合意がなるまで極秘の行動が要ります」

「熱海でも多賀でも集まりは持てねえな。ならばいっそこの伊豆山神社に皆を集めるというのはどうだね」

「よろしゅうございます。鶴蔵さん、できるだけ急がねばなりますまい」

「今日の今日というわけにもいかねえが、明日の夜半ということでどうかね」

「承知しました」

伊豆山の石切場への山道で下相談が成った。

夕暮れの刻、磐音は独り熱海の山田屋に戻った。すると玄関先にいた新三郎が、

「坂崎様、えらいことが」

と叫んだ。

「酒樽が盗まれました」

「なんですと」

磐音は山田屋の部屋に走り込んだ。

そこには今津屋吉右衛門と竹村武左衛門が対面して話し合っていた。武左衛門の頭には白い布が巻かれてあった。

「坂崎様」

と吉右衛門が磐音の顔を見て、ほっとした表情を見せ、

「明け方、寝込みを襲われて酒樽六荷を奪い取られたそうです。私どもも先ほど戻り、このことを竹村様に聞かされたところです」

頷いた磐音は、

「竹村さん、品川さんはどうなされた」

「それがよう分からぬのだ」

武左衛門は憔悴《しょうすい》しきった顔を見せると情けなさそうに答えた。

「起こったことを順に説明してください」

「坂崎さん、順もなにも、柳次郎の、盗っ人だ! という叫び声に目を覚ましたところ、いきなり黒い影に棍棒《こんぼう》のようなものでごつんと頭を殴りつけられて気を失った。覚えておるのはそれだけだ」

「品川さんはどうなされた」

磐音は無駄と思いつつも重ねて訊いた。

「気を取り戻してみると、酒樽も柳次郎も忽然と消えておった」

「襲った賊は町人ですか、武士ですか」

「黒ずくめの手際は武道の心得のある者と考えられるな」

「このこと、韮山代官所には届けられましたか」

「旅籠ではすぐに韮山に使いを立てると申したのだが、今津屋どのが戻ってからのほうがよいかと思い、止めておいた」

「それはよい判断でした」

と答えた磐音は、

「竹村さん、頭の傷はどうです」

「大きな瘤《こぶ》ができておってな、ずきずき痛む」

「少しお休みください」

「坂崎さん、今津屋どの、ものの役に立たず相すまぬ」

と殊勝にも竹村武左衛門が二人に頭を下げた。

「坂崎様も申されておるように横になりなされ」

と答える吉右衛門を磐音は隣部屋に請じた。

新三郎も不安そうな顔で二人に従った。

「坂崎様、なんぞ打つ手はございますか」

「手を出したのは先方です。百面の専右衛門と違い、こたびの賊は最初から酒樽に六千両が隠されていることを承知です」

「となると賊は限られますな」

「限られます」

磐音は明言した。

「新三郎どの、本日、原田様は船遊びをなされたようだが、いつ船を出し、どこへ行き、いつ帰られたかを調べることはできぬか。船に当たればなんとかなるやもしれぬ」

という磐音の指示に吉右衛門が、

「新三郎、人の口を開かせるのは山吹色の小判です。六千両を取り返すためです、惜しんではなりませんぞ」

と命じた。

「承知しました」

新三郎はまず山田屋の番頭を探しに帳場に行った。

「坂崎様の言葉でだれがかようなことをしたか推測が付きました。問題は品川様の行方《ゆくえ》です」

「品川さんはあれでなかなか慎重な人物です。なにかの理由があって、どこかに身を潜めておられるような気がします」

「となるとあとは酒樽の行方ですか」

「およその見当は付いています」

「なに、見当が付いておられますのか」

吉右衛門の顔が喜色に包まれた。

「酒樽は当分、腹黒い鼠どもに預けておきましょう。それよりも……」

と磐音は今日一日の行動を吉右衛門に報告した。

「なにっ、豆州の石切場が合同で石を切り出すと申しますか」

「音頭をとられる上多賀村の庄屋千代右衛門どのと伊豆山の年寄総代の鶴蔵どのに出会ったことで話が進みました」

「それは津山藩にとって喜ばしき話ですぞ」

「野上様方はどうしておられます」

「下奉行種村様に翻弄されて、ほとほと閉口しておられます」

「今しばらくの辛抱にございます」

と答えたところに新三郎が戻ってきて、

「旦那様、坂崎様、原田様は江戸から乗ってこられた三百石船を出しての船遊びとあっさりと知れました。夜明け前に船を出して、初島の沖で釣りに興じられましたそうな。その後、初島に上がられて、昼餉を食されたそうにございます。熱海の浜に戻られたのは七つ（午後四時）の刻限だそうにございます」

「供はだれですね」

「御普請奉行支配下の同心らと土地の親分、日金の欽五郎の子分や江戸から連れてきた剣客らが同行したと申します」

「およそからくりが推測付きました」

と磐音はにっこりと笑った。同時に内心で柳次郎は無事か、と友の身を案じた。

四

荒れた夜の海に一艘《そう》の舟が浮かんでいた。

熱海の浜から密かに漕ぎ出された舟だ。

漁師船頭の他に乗っているのは、坂崎磐音と新三郎の二人だけだ。

舟が向かう先は、海上三里に浮かぶ初島だ。

黙したままの二人の視界に音もなく稲妻が走り、平らな島を浮かび上がらせた。

雷火《らいか》のせいで初島が絶海の孤島のように見えた。

「坂崎様、両国の川開きの花火の日に、川清の船頭の小吉《こきち》さんの漕ぐ猪牙にご一緒しましたね」

今津屋では両替商を監督する勘定奉行所の金座方、南北町奉行所の担当役人を毎夏接待するのが習わしで、花火船を仕立てて大川に浮かべた。

その夏、不逞の連中の乗ったあやかし船なる一統が花火見物の船に横付けして悪さを仕掛け、金子を強要する騒ぎが頻発した。そこで今津屋では磐音と柳次郎、それに新三郎が船頭小吉の猪牙舟に乗り込んで護衛に当たったことがあった。

新三郎はそのことを言っていた。

「あの折りは、品川さんも一緒であったな」

「怪我などなく、ご無事でおられるとよいのですが」

磐音の言葉に、新三郎が行方不明の柳次郎の身を案じた。

「なあに、品川さんのことだ。元気でおられる」

磐音はそう自分に言い聞かせるように初島を見た。だが、万が一のことがあれば、柳次郎の母幾代になんと言って詫《わ》びればよいのか、言葉も見付からぬ磐音だった。

山田屋に賊の一団が忍び込んだ数刻後、熱海の今井半太夫方に滞在する御普請奉行原田播磨守義里一行が、浜から三百石船を出して初島に向かった。

その光景を磐音は初島沖から望遠していた。

船には原田の一行を護衛して日金の欽五郎一家と用心棒の剣客が乗り込んでいたことが、新三郎の調べで分かった。さらにその後の聞き込みで、浜に上がっていた三百石船の水夫《かこ》に小判の力で口を開かせた。

その話によると、日金の欽五郎は原田一行とともに熱海に戻ったが、用心棒の剣客や子分たちは初島に残っていることが分かった。

磐音は明け方、山田屋を襲ったのが、欽五郎一家に雇われた剣客や子分らだと見当を付けていた。

その者たちが御普請奉行原田義里の三百石船に乗って初島に渡り、島に残ったとなると、もはや酒樽六荷は初島に運ばれて隠され、その見張りを命じられてのことと考えるべきではないかと推論したのだ。

日金の欽五郎の用心棒たちが初島に残ったことを話してくれた水夫は、島に酒樽六荷が陸揚げされたところを見たわけではなかった。というのも原田義里一行は、酒宴のために長持に幔幕《まんまく》や床机《しょうぎ》、毛氈《もうせん》、酒、肴《さかな》の膳を入れて運び上げたとかで、その中身が一体なんなのか知らないと答えた。

夜の海に雷鳴が走った。

磐音たちの乗る舟は湊と集落を避けて、初島の東の岩場へと回り込んでいった。

すると沖合いに大島の島影がかすかに見えた。

舟は昨日上多賀の千代右衛門とともに接岸した岩場に向かっていた。

だが、昨日と異なり、夜の上に波が荒い。

船頭は接岸を試みては、岩場に叩きつけられそうになって沖に逃れることを何度も繰り返した後、ようやく磐音と新三郎を上陸させた。

舟が熱海へと戻っていき、夜明け前の島に磐音と新三郎が残された。

新三郎は菅笠を被り、手甲脚絆に股引を穿《は》き、単衣《ひとえ》の裾を尻端折りに絡げていた。そして、腰に道中差を差していた。

磐音は一文字笠に道中袴を穿き、足元を草鞋で固め、腰に備前長船長義と脇差を差し落としていた。

「参ろうか」

「はい」

新三郎が決然と答えた。

二人は波飛沫《なみしぶき》が降りかかる岩場から夏草の生い茂る崖へと登っていった。

「新三郎どの、島のあちこちに石切場の跡がある。足元に気を付けてくだされ」

そう注意した磐音が先頭に立った。

一度石切場まで往復した経験と勘を頼りに、まだ薄暗い夏草の間を進んだ。

島に高い山はない。なにしろ周囲ほぼ一里の小島だ。だが、生い茂った夏草と平たい地形が島の全貌《ぜんぼう》を隠していた。

時折り、茂みの向こうから、眠りを妨げられた獣の威嚇《いかく》する吼《ほ》え声やら鳥が飛び立つ物音がした。

二人は四半刻余り、夏草の茂みと格闘した。

雷鳴がやむと小雨が降ってきた。

曇天の空が明るみ、夏草を抜けた。

二人は小さな神社の裏手に出ていた。

初島の守り神、初木《はつき》神社だ。

五代孝昭《こうしょう》天皇の御世、東国鎮撫《ちんぶ》のための船が豆州沖で嵐に遭い、難破して、ただ一人初木姫が初島に流れ着いて助かった。人の住む気配はなかったが、幸い水は湧き出ており、姫は白い煙を棚引かせる対岸の伊豆山を見て暮らしていた。

ある日、筏《いかだ》を造り、草を編んだ帆で伊豆山の小波戸崎《こはどみさき》に辿り着いた。

白い煙の正体は走湯の湯煙であった。

初木姫は洞窟《どうくつ》から流れる走湯に近付こうと、小さな橋を渡った。そこで伊豆山《いずやま》彦命《ひこのみこと》と名乗る若者と出会う。

さらに後年の話だ。

初木姫は、伊豆山の中腹の一本杉の大木の下で日精、月精の二人の子供を見付けて育て始めた。日精、月精は長じて夫婦となり、伊豆山権現の氏人の祖と言われるようになる。

さらに初島と伊豆山を結び付けた初木姫と伊豆山彦命が出会った橋を後の人は、

「逢初橋《あいぞめばし》」

と呼ぶようになったのだ。

初木神社の祭神は当然初木姫であり、伊豆山の神の乳母《めのと》であった。

初島の集落も望めた。

二人は呼吸を整えて、しばしその場所に佇んでいた。

「漁に出ないのでしょうか」

まだ眠りに就いている里を新三郎が眺めた。

「海が荒れておるゆえ漁は休みかもしれぬ」

さらに初島の集落を見下ろす境内に入った。熱海と向き合うように初島三十九戸の家々が浜に軒を寄せ合ってへばりついていた。

初島の漁民は元禄《げんろく》二年（一六八九）と三年に、棒受網《ぼううけあみ》の新設を韮山の代官所に願い出た。さらに押送船《おしおくりぶね》一隻を造って魚の仲買を始めた。この一件で初島は代官所の調べを受けた。

初島近海を漁場とする網代漁民が代官所に異議を申し出たからだ。

網場を巡る網代村と初島の諍《いさか》い、そして、熱海村を巻き込んでの長い争いになり、幾度か血も流れた。

享保五年（一七二〇）のことだ。

翌年、江戸に訴えが上げられ、大岡忠相《ただすけ》ら幕府の所管奉行は初島の権利を認め、初島近海の海を入会《いりあい》として初島漁民にも網漁を認めた。

そんな棒受網漁で暮らしを立てる家々が未だ眠りに就いていた。

「坂崎様、日金の子分たちはどこにいるのでしょうか」

「酒樽の六千両は、早晩江戸に運ばれよう。となると、湊近くにいるのではないかな」

「浜に下りてみますか」

新三郎の言葉に頷いた磬音は、島特有の細い、曲がりくねった坂道を下り始めた。

みゃうー
軒下から猫の鳴き声がした。

ふいに戸が開いて女が顔を覗かせた。手には猫の餌《えさ》を入れた皿を持っていた。

若い娘は、
ぎょっ
として身を竦ませた。

どこからか麦こがしの香りがしてきた。

「驚かせてすまぬ。われらは石垣普請の石の切り出しのため豆州熱海に滞在しておる者だ。決して怪しいものではない」

磐音の言葉にも娘は言葉を失ったままだ。

「島に日金の欽五郎一家の者が滞在しておろうが、いずこにおるか知らぬか」

「お侍様方は欽五郎親分に関わりがあるのですか」

「いや、そうではない」

磐音は聡明そうな娘の相貌《そうぼう》に望みを託して、初島訪問の事情を話すことにした。

「江戸の両替商今津屋どのが普請成就を祈願して、来宮、伊豆山の両神社に献納しようと江戸から運んできた神酒六樽を日金の欽五郎一味が盗み去ったのだ。それを取り戻しに参ったところだ」

「お二人だけで参られたのですか」

「さよう」

娘は呆れたという顔をした。

「そなたは酒樽を見てはおらぬか」

娘は顔を横に振り、

「ですが、御普請奉行様の荷運びの手伝いにいった男衆《おとこし》が、長持の中身はえらく重いと思うたら、酒樽だぞと話すのを聞きました」

「やはりそうか」

磐音と新三郎は頷き合った。

「なんでも数日内に押送船をどこぞに発たせるとか、男衆は命じられたそうにございます」

なんと原田義里は今津屋が津山藩のために用立てる六千両を奪い取ったばかりか、船足の速い押送船で江戸にでも送り届ける算段のようだ。

「連中はどこにおるな」

「湊の側の見張り屋に泊まっております」

「何人か」

「剣術家の先生が四人、欽五郎親分の子分衆が五、六人です」

「今一つ訊きたい。日金の連中とは別に、それがしのような侍が島に姿を見せておらぬか」

娘は顔を横に振った。

「そうか、存ぜぬか」

「大事に関わることですか」

娘が磐音の顔を覗き見た。

「酒樽の番をしていた仲間が一人行方を絶っておる。賊を尾けていったか、あるいは囚《とら》われたか、身を案じておる」

「お侍さん方が島を歩かれれば目立ちます、初木神社に身を潜めていてください。私が様子を見て参ります」

「有難いことだが、なぜわれらに親切になさるな」

「来宮様と伊豆山様への献納の酒を横取りするなんて許せません。それに昨夜、島の若い娘たちは日金の連中の酒の相手に駆り出されました」

「そなたもか」

「私はお勝手におりました。ひどい男たちです」

「そなたの名はなんと申す」

「おはつです」

なんと娘はこの島の産土神《うぶすながみ》、初木姫と同名であった。

「おはつどの、頼もう。だが、無理をするでない」

「はい」

と頷いたおはつは足元で餌を待つ猫に餌をやると、家の奥へ姿を消した。

磬音と新三郎はおはつを信じて、神社に戻った。すると神殿の中から麦こがしの匂いが漂ってきた。


おはつが若い衆を連れて初木神社に姿を見せたのは、四半刻後のことだ。

「お侍さんの仲間は島にいましたよ」

「おおっ、やはり初島に来ていたか」

「でも、酷《ひど》い目に遭っています」

おはつが真っ黒に陽に焼けた若い衆に、

「陣吉《じんきち》さん、話して」

と言った。

「あのお侍は、御普請奉行の船の碇綱《いかり》にぶら下がって島に渡ってきたんだよ。だが、昨日の夕暮れ、浜でやつらに見つかって袋叩きの目に遭いなさった」

「怪我は酷いのか」

「片目が潰れてよく見えねえようだ」

「どこにおるな」

「見張り屋の網小屋に、手足を縛られて転がされているよ」

「よしっ」

磐音の胸に憤怒《ふんぬ》の情がふつふつと沸き起こった。

「お侍さん、おめえさん方だけで乗り込むのか」

陣吉が目を丸くした。

「さよう」

「なんでも、用心棒の一人はなんとか一刀流の達人でよ、人を何人も斬った気味の悪い剣術家だぞ」

「名はなんというか、承知か」

「江連《えづれ》兜太《とうた》郎《ろう》右衛《え》門《もん》忠為《ただため》様とかいってたぜ」

「相分かった」

磐音は初木神社の拝殿に額《ぬか》づき、初木姫に品川柳次郎の無事救出を祈願した。

「麦こがしの匂いがするが、なんのためかな」

磐音が二人に訊いた。

「毎年七月十七日は初木神社のお祭りです。その日、神前に供えてあった麦こがしを参詣の衆にふりかけると、それを浴びた人はむこう一年間、無病息災に過ごせるという言い伝えがあるのです。それで今、大樽にたくさんの麦こがしが用意されているところです」

とおはつが磐音に説明した。

「そんな風習がな」

と答えながら磐音らが立ち上がると、再び空に鳴る神が轟《とどろ》き、強い雨が降り出した。

「おれが案内すべえ」

陣吉が磐音と新三郎の前に立って、入り組んだ道を小走りに進み始めた。

見張り屋は漁師たちが波待ちなどに集まり、祭りのときは酒宴を張る家のことだ。

熱海村や伊豆山を望む島の西端の海岸にあった。

「船が浜に引き上げられたところにあるのが網小屋だ」

陣吉が、潮風の吹きつける浜っ縁にある小屋を教えてくれた。

見張り屋はその背後に離れて建ち、一統は眠り込んでいるのか、物音ひとつしなかった。

「夜中じゅう、騒いでおったからな。朝は目を開けられめえよ」

陣吉が吐き捨てた。

「陣吉どの、怪我をしてはならぬ。手出しなどするでないぞ」

磐音はそう言うと陣吉の前に出て、網小屋に近付いた。

新三郎と陣吉は磐音の後ろから従ってきた。網小屋の入口は一つで、海に面していた。

磐音は網小屋の前に立てかけてあった棒を手にした。古くなった櫓《ろ》を三尺ほどに挽《ひ》き切り、心張棒に用いているようだ。

磐音は右手で重さを測っていたが、網小屋の板戸を押し開けた。

薄暗い小屋の中、土間に転がされた品川柳次郎が見えた。

そのかたわらでは二人の子分が高鼾で眠り込んでいた。

土間に大徳利や茶碗が転がっているところを見ると、酒に酔って眠り込んだのだろう。

「品川さん、もう大丈夫だ」

磐音が声をかけると柳次郎の背が動いた。

新三郎が道中差を抜いて柳次郎の縄目を切った。

気配に子分の一人が目を覚ました。

「寝ておれ」

磐音が棒の先端を、起き上がろうとする子分の鳩尾《みぞおち》に突き当てた。崩れ落ちる仲間の気配にもう一人が目を覚まし、

「てめえはだれでえ！」

と叫びながらも慌てて長脇差を探した。

だが、すでに陣吉が二人の長脇差を奪い取っていた。

二人目も磐音の棒の直撃を食らい、土間に沈んだ。

「品川さん、大丈夫か」

新三郎の膝に抱きかかえられた柳次郎が、

「坂崎さん、すまない。酒樽を奪い取られました」

と言った。

陣吉は姿を消していた。

「品川さんは盗人たちを尾行したようだな」

「棍棒で殴られ、一瞬目を回しました。気付くとやつらが引き上げていくところでした。ここで騒ぐよりはどこへ運び込まれるか確かめようと、跡を尾けると、浜に用意してあった船に運び込まれたのです。すると、驚くなかれ、御普請奉行の原田がその船に乗っていたのです」

柳次郎が潰れかけた片目で磐音を見て、

「おや、その顔はすでに承知のようですね」

と言った。

「その船を、初島から真鶴に向かう舟から見かけたのです。まさか品川さんが碇綱にぶら下がっていようとは」

陣吉が焼酎《しょうちゅう》の徳利を手に戻ってきた。

柳次郎の傷を消毒する気だ。

「陣吉どの、頼みがある」

「なんですかい」

「応急の手当てが終わったら、品川さんを熱海に運んでくれぬか。医師の治療を受けさせたいのだ」

「熱海には医師はいねえ。小田原城下に一気に走ったほうがいい。あそこには東《とう》野白堂《のはくどう》先生という名人の先生がいるぞ」

「そうしてもらえるか」

新三郎が十分な治療代と船賃を陣吉に渡した。

「預かろう」

陣吉が快く受け取った。

治療を陣吉と新三郎に任せた磐音は、再び棒を手に網小屋を出た。

雨は上がっていた。

稲光だけが空に走っていた。

見張り屋の戸口は開け放たれていた。ここからも麦こがしの香りが漂ってきた。

ふいに日金の欽五郎の子分が顔を出した。手で裾を捲《めく》ろうとしている。小便にでも起きてきたか。

寝惚け眼で磐音を見た。

「あっ、おめえは……」

その声が途中で消えた。

磐音の棒の先端に鳩尾を突かれたせいだ。崩れる子分の体を押しやり土間に入った。すると広い板の間のあちこちに眠り込んでいた剣客や子分たちが起き上がった。

磐音の目は、六荷の酒樽を背に未だ茶碗酒を飲む痩身《そうしん》の剣客を見ていた。

「そなたが江連兜太郎右衛門どのか」

蒼褪《あおざ》めた顔を磐音に向けた。

どこか投げやりな双眸《そうぼう》には鈍い光が宿っていた。

徳利から茶碗に酒を注いだ。

その間に三人の浪人と兄貴株のやくざ者の二人が磐音を囲んだ。

江連はそれを見ても動こうとはしなかった。

「江連先生、今津屋の用心棒侍はこいつだぜ」

やくざ者が匕首《あいくち》を片手に叫んだ。が、江連は無視した。

「よし、先生方、こいつを叩っ斬ってくんな」

磐音は棒を正眼《せいがん》に構えた。

五人が土間や上がりかまちに散って磐音を囲んだ。

見張り屋の剝《む》き出しの梁《はり》は土間から十尺の高さにあって、剣や木刀を振り回しても当たる懸念はなかった。

磐音の左手で疾風が巻き起こった。

剣客の一人が突きの構えで突進してきた。
切っ先が磐音の首筋に鋭く伸びてきた。
棒が突きの剣に擦り合わされた。
不思議にも突きの剣の勢いが殺《そ》がれ、弾かれた。
うーむ
と訝しい顔をした剣客の脇腹に打撃が走った。
磐音の翻した棒が脇腹を叩いたのだ。
崩れ落ちる仲間の陰から、小太りの剣客が八双《はっそう》の剣を振り下ろしてきた。
磐音は後方に飛び下がった。
相手は委細構わずさらに間合いを詰めてきた。
磐音も踏み込んだ。
棒が相手の剣に合わされ、そのまま手首に落ちて、剣を持つ拳《こぶし》を打ち砕いた。
ううっ！
呻きながら剣を取り落とす相手に構わず、三人目の浪人の前に突進した。
「そ、それがし、命のやり取りをするほど手当てを貰うておらぬ！」
と叫ぶと、土間から上がりかまちに飛び上がった。

その背に脇差が突き立った。

ぐええっ
三人目の浪人がよろめきながらも、脇差が抛《なげう》たれた場所を見た。そこには醒《さ》めた目の江連兜太郎右衛門忠為が座していた。

磐音はその脇差が鞘だけなのを確かめた。

ごくり
と喉を鳴らした子分の一人がそれでも、

「江連先生、頼まあ」

と言った。

江連は黙したまま細身の剣を左手に提げて立ち上がった。

右手には未だ茶碗を握っていた。

剣が腰に戻された。

磐音は棒を捨てた。

備前長船長義二尺六寸七分を抜いた。

二人の子分が磐音を左右から挟むように匕首と長脇差を構えていた。

江連が板の間をゆっくりと土間に近付いた。

茶碗の酒を、
くいっ
と飲み干し、茶碗を捨てた。
その直後、磐音の左右にいた欽五郎の子分二人が同時に突っ込んできた。
磐音の長船長義が左右に斬り分けられた。
ぐえぇっ
くそっ
二人のやくざは、どのように磐音の剣に斬られたか理解も付かないままに土間に倒れ伏した。
江連が走った。
磐音も江連に向かって間合いを詰めた。
板の間から土間に飛び降りた江連が細身の剣を抜いた。抜いた刃がそのまま磐音の喉首を襲った。
同時に磐音の逆手の長船長義が江連の左の腰に奔《はし》った。
二つの死の光は瞬余の差で交錯した。
磐音は喉元に、

「死」

を感じながら、逆手に回した長船長義が深々と江連兜太郎右衛門の腰を斬り割る感触を得た。

勝負は一瞬の裡《うち》に寸毫《すんごう》の差で決着した。

江連の細い体が板の間に吹き飛んで転がった。

ふうう っ
と磐音の背で息を吐いたものがいた。

新三郎だ。

「新三郎どの、酒樽の六千両、確かめてくだされ」

「はっ、はい」

新三郎が見張り屋の神棚の下に詰まれた酒樽に歩み寄った。

磐音は長船長義に血振りをくれると見張り屋の外に出た。すると一隻の押送船が小田原目指して疾風のように湊を出ていこうとしていた。

小田原の医師のもとに柳次郎を運ぶ船だ。

湊にはおはつが一人立って船を見送っていた。

いつの間にか稲妻は消えていた。

その代わり、初島の頭上に大きな虹《にじ》がかかっていた。
柳次郎を乗せた押送船は朝虹の下を遠ざかっていった。

第五章　初島酒樽勝負

一

夜半、坂崎磐音は小舟で初島から伊豆山神社へと向かった。

櫓《ろ》を漕ぐのはおはつだ。

朝の内に新三郎は熱海に戻っていった。むろん酒樽奪還を主《あるじ》の吉右衛門に知らせるためだ。そして、その懐には、磐音がこの数日見聞したことを克明に書き記した書状があった。

宛名は神保小路の佐々木玲圓だが、中の書状は御側衆の速水左近に宛てた第二信で、早飛脚で江戸に送ることになっていた。

柳次郎を小田原の医師のもとに運んだ押送船《おしおくりぶね》は島に戻ってきたが、陣吉は柳次郎の介護に残ったと仲間の漁師が磐音に報告した。

柳次郎の目の周りは腫《は》れ上がっていたが、眼球には傷が付いてないという。だが、肋《あばら》が骨折していた。動けるようになるには数日かかるということだった。

(まずは一安心……)

磐音は島人に願って江連ら二体の亡骸《なきがら》と怪我人を後々の証人として島に残しておいた。

怪我人は磐音が応急手当をした。命に関わるような者はいなかったし、二、三日、医師に見せなくても大丈夫と判断したのだ。

酒樽は、見張り屋にそのまま置いておいた。熱海に持ち帰るよりも初島に置いていたほうが安全と判断したからだ。

そんな作業で半日が終わった。

磐音が伊豆山に向かうと知ったおはつが、

「私が送っていきます」

と申し出てくれた。

「おはつどの、夜の海を漕ぎ渡れるか」

「お侍さん、島の女です。盥《たらい》に乗っても伊豆山なら難なく渡れます」

「海上三里、盥では無理では」

「いえ、おはつ様は渡られました」

とおはつが不思議なことを言い出した。

「昔々、初島が十八軒の島だった観応《かんのう》二年（一三五一）のことです。初島にはおはつという娘が住んでいたのです」

「ほう、その昔にもおはつどのと同じ名の娘御がおられたか」

「はい。そのおはつ様が十七歳のとき、伊豆山権現の祭りに行って、伊豆山の右近《うこん》という若者と知り合いました。別れるとき、右近様がおはつ様に、『百夜通えば夫婦《めおと》になる』と約束したそうです。おはつ様は盥舟に乗って雨風を厭《いと》わず伊豆山に通いました。あと一日で満願成就という九十九日目の夜、おはつ様が海に出た刻限を見計らって伊豆山の常夜灯が消されたのです。おはつ様に横恋慕した別の若者が消したのです。おはつ様は暗い海を漂い、終に波間に消えてしまったそうです」

「なんとのう、さようにも哀《かな》しい話が初島と伊豆山には残っていたか」

「島の女なら、伊豆山や熱海まで舟で行くのはなんでもありません」

と請け合うおはつに舟を出してもらった。

そのおはつが櫓を漕ぎながら、伊豆山の石段にちらちらする灯りを認めて、

「お侍さん、権現様でなにがあるのです」

と訊いた。

「この界隈の石切場の主どのや世話役、石工の親方たちが集まり、こたびの石調達を豆州の石切場にご用命下さるよう相談なさるのだ」

「御普請奉行様は上多賀村の儀平旦那に決めたというではありませんか」

「それをなんとか豆州で請け負いたいと話し合われるのだ」

「うまくいくとよいですね」

おはつの漕ぐ小舟は、言葉どおりに難なく海を乗り切って伊豆山下の小波戸崎に着けられた。

「お侍さん、私も伊豆山に一緒に登っていいですか」

磐音は夜の浜に一人残すならば共に行動したほうが安全と考え、

「横恋慕する若者が現れて、おはつどのを攫《さら》っていっても困るでな」

と同行を許した。

磐音の手には三尺ほどの棒があった。初めて海から山の中腹の伊豆山神社へ八百余段の石段を登ることになった。

想像した以上に急な石段だった。

おはつに導かれるように磐音は石段を登りきった。

息を整える二人の視界に、神社の境内に灯りが点され、すでに集まりが始まっているのが見えた。

網代から真鶴までおよそ百人ばかりの伊豆石に関わる男たちが顔を揃えていたのだ。

集まりを仕切る上多賀村の庄屋青石屋千代右衛門の顔も、伊豆山の年寄総代鶴蔵の顔も見えた。

磐音とおはつは集まりの様子を離れて見守っていた。

土地の集まりによそ者が顔を出すのはおかしな話だ。

磐音がその夜の集まりに出向いたのは、熱海に滞在する御普請奉行原田義里からよからぬちょっかいが入らぬかと心配したからだ。

伊豆界隈の石切場合同で御用を賜りたいとの決着が付きそうで、参加者たちの連判状が一同の間を回り始めた。

だれが首謀者か知れぬように、紙の中央から傘《かさ》の骨のように放射状に名を書いていく傘連判状のようだ。

磐音は、磐音らとは別に集まりを見詰める視線に気付いた。

どこに潜むか、磐音はその正体を見届けようとしたが、見当が付かなかった。

だが、確かにいた。

そのとき、石段を慌ただしく駆け上がってくる足音がした。

御用提灯を掲げた一団が境内に到着すると呼ばわった。

「御普請奉行支配下、種村兵衛様のご出馬だ。おめえたち、夜中にこそこそと集まりなんぞを持って、なにを考えてやがる！」

叫んだのは日金の欽五郎だ。

一座に動揺が走った。

「これはこれは日金の親分」

千代右衛門が、陣笠を被った下奉行を先導する欽五郎の前に立った。

「おめえか、この界隈の石屋を集めて火を焚《た》き付けてやがるのはよ」

「親分、火を焚き付けるなどとは人聞きが悪うございます。私どもはこたびの石垣普請、豆州総出でお手伝いできないものかと、かような集まりを持った次第にございます。願いの筋は明日にも熱海の御普請奉行原田様のもとへお届けする所存。よって不穏な集まりなどではございませぬ」

「うるせえ！」

欽五郎は腹帯に差し込んでいた十手を抜くと、いきなり千代右衛門の額を殴り付けた。

よろよろとよろめき倒れた千代右衛門の額から血が噴き出した。

一座から怒りの声と悲鳴が同時に上がった。

「てめえら、よく聞け。こたびの石垣普請の石切場は、上多賀村は糸川の儀平旦那が引き受けなさることに決まってるんだ」

「だれが決めた！」

「うちの石切場を見にも来ねえでどういうこった！」

「奉行と儀平の談合だな！」

一座から一斉に抗議の叫びが飛んだ。

「おう、よう言うた。談合だと、しゃらくせえ。こいつは江戸の御城で決まったことだ。四の五のぬかすんじゃねえ！」

「欽五郎、御普請奉行と儀平のお先棒を担いでいくら貰った！」

「ぬかしたのは鶴蔵か」

欽五郎が一座を睨《ね》め回し、

「明夕暮れ、六つ（午後六時）の刻限、熱海の本陣今井半太夫方に、今夜の首謀者ども、出頭せえ。原田様直々《じきじき》に裁きを命じられる」

「欽五郎、御普請奉行の裁きとはなんだ。おれたちは韮山の代官、江川様の領民だぞ」

「てめえら、こたびの石垣普請を聞いて共謀し、石の売り値を吊り上げようという魂胆だろう。それを原田様が直々にお調べになるんだよ」

「欽五郎、早々と談合して儀平の石切場に決めたのは御普請奉行じゃねえか。二人して、石の買い値は勝手放題だな。だがよ、儀平の石切場だけの御用じゃあ、御城の石垣はいつになっても普請できねえぜ」

「うるせえ、これ以上、御託を並べると、下奉行の種村様も黙っちゃおられねえぞ」

種村が手にしていた鞭《むち》を差し上げると、配下の者たちが抜刀した。

「抵抗してはならぬぞ」

地べたに倒れたままの千代右衛門が必死の声を張り上げた。

その声に抵抗しようとした者も、その場から逃げ出そうとした男たちも踏み留まった。

「斬るなら一人残らず斬りやがれ」

「よかろう、望みじゃによって成敗してくれる！」

種村が下知《げち》を飛ばし、配下の者たちが剣を振り上げた。

磐音は一文字笠の下の顔を手拭いで覆い、棒を手に立ち上がった。

闇に潜む者を意識しながら、脱兎の如く走り寄ると、右に左に棒を振るって御普請奉行支配下の役人を叩きのめしていった。

疾風が吹き荒れ、一瞬のうちに形勢が逆転した。

それを種村兵衛が冷たい眼差しで観察していた。

勢いづいた石工たちが騒ぎに加わろうとした。

「ならぬ、おまえたちは騒ぎに関わってはならぬ！」

額から血を流した千代右衛門が必死で石工たちを押し留めた。

一陣の風が吹き抜け、磐音はおはつの待つ闇に走り込んだ。

「引き上げじゃあ。そのほうら、暮れ六つの刻限、必ず熱海本陣に出頭いたせ！」

磐音は背中で種村の声を聞いた。

「おはつどの、戻ろう」

二人は石段を下っていった。

「宿の平」を過ぎてさらに浜へ駆け下りようとした二人の前に、旅仕度の武士が立ち塞がった。挙動からして壮年の武士と思えた。

(闇に潜んでいた者だ)

磐音は直感した。

「坂崎磐音どのか」

「そなた様は」

「当番御目付山本徳蔵《やまもととくぞう》支配下、小人《こびと》目付の樋口精兵衛《ひぐちせいべえ》にござる」

磐音は、旗本を監察糾弾する御目付がすでに御普請奉行に目をつけていたことに驚いた。

若年寄支配下の御目付の職域は広く、城中に上がってくる願い書、伺い書、建議書の意見具申を将軍家や老中に申し立てることができた。

定員は十名で、筆頭の御目付は当番目付、本番目付と呼ばれた。樋口が命を受けたのは、御目付のうち、筆頭である当番目付山本徳蔵という。

「坂崎どのは、上様御側衆速水左近様と昵懇じゃそうな」

「速水様がそれがしの剣の師と親しい交わりにござれば、お付き合いいただいております」

「それがしの豆州派遣は当番目付山本直々のお指図にござるが、速水様の願いあってのことと聞き及んでおり申す」

なんと、磐音の書状に速水は即座に対応し、御目付支配下の小人目付を派遣したようだ。

「さようでしたか。今朝方、二通目の書状を速水様に送ったところにございました」

「坂崎どの、石垣普請に関わり、不審の疑いありと訴えられたようだが、話を聞かせてもらえぬか」

磐音は頷くと、

「樋口様、まずは初島までご足労願えませぬか」

「夜の海を渡れと申されるか」

樋口は石段の下に恐ろしげに黒々と光る相模灘を見下ろした。

「そろそろ夜も明けて参りましょう。船頭の腕は確かです」

磐音はおはつを見た。

「なに、この娘が船頭か」

「島育ちにござれば、海にも舟にも慣れております。話は舟中にてさせていただきます」

樋口は肚を決めたように頷いた。

磐音は、二人の話を少し離れていたところで聞いていたおはつに、

「島に戻ろうか」

と言いかけた。

伊豆山の浜に上げてあった小舟に三人が乗って再び海へと漕ぎ出された。

舟中、磐音は、今津屋吉右衛門が石垣普請を直接命じられた津山藩に金子の御用立てをすることとなった経緯《いきさつ》から、酒樽に六千両を隠して伊豆へ運び入れたこと、さらには石切場で見聞きした諸々を樋口に告げた。そして、最後に、酒樽に隠された六千両が何者かに奪われた一件を話した。

「なにっ、六千両が強奪されたとな。何者が奪いとったと申されるか」

「樋口様、すでに六千両は奪還いたしました」

「ほう、奪い返された」

「盗んだのは、熱海村の日金の欽五郎と申すやくざ者の子分と、不逞の剣術家にございます。ですが、こやつらは、酒樽に六千両が隠されているなどとは承知し

ておりません」

「六千両が隠されていたことを知る人物より命じられたと申されるか」

「直接強奪に関わった欽五郎の子分と用心棒を初島に捕らえてございます。樋口様、直々のお調べをお願い申します」

樋口精兵衛の両眼が光った。

老練な小人目付は、磐音から聞き知ったことを頭の中で整理するように沈思していたが、

「承知つかまつった」

と返答した。

海が薄く染まった。

行く手の初島がはっきりと島影を見せた。

「坂崎どの、そなたはこたびの石垣普請の石調達は、伊豆山神社で集まりを持った者たちが合議したように、豆州の石屋が共同で事に当たるのが最善の策と考えられるか」

「この界隈の石切場は、寛永の天下普請で石を切り出した地にございます。伊豆石が石垣に適していることは、千代田の城垣がすでに実証しておりましょう。こ

たびの外曲輪《そとぐるわ》の修理に同じ石が使われることが最適と存じます。また大量の石を短期で切り出し、江戸に運び込むとなれば、一村の石切場では荷が重うございましょう。江戸のためにも豆州のためにも、豆州の石屋、石工たちが力を合わせることが大事かと考えます」

樋口は黙って頷いた。が、自らの考えは述べなかった。

小人目付は探索した結果を上役の当番目付に報告し、当番目付は若年寄に上申する。それが重大事と考えれば、老中、あるいは老中や三奉行立ち会いの評定所会議に送ることもできた。

そのすべての情報の源が小人目付の耳目だ。

初島の湊が近付き、おはつが櫓に力を込めた。

「おはつどの、ご苦労であったな」

とおはつに声をかけた磐音は、

「樋口様との話、おはつどのの胸の中に仕舞っておいてくれ」

と頼むと、おはつはこっくりと頷いた。

舟が浜に到着した。

「樋口様、その者どもは見張り屋に捕らえてございます」

と磐音は案内に立とうとした。するとおはつが、

「お侍様、お調べが済んだら、うちに来てください。朝餉を用意しておきます」

「造作をかけるな」

磐音とおはつの会話を樋口が、
じいっ
と観察するように見ていたが、かすかな笑みを顔に浮かべた。

樋口を見張り屋に案内すると、見張りを命じられていた四人の漁師たちが磐音と樋口にぺこりと頭を下げ、

「おとなしいものですぜ。やくざなんて群れてねえと元気がねえもんだ」

と笑った。

「悪いが席を外してくれぬか」

「へえっ」

と返事をした漁師たちが見張り屋から姿を消した。

樋口の視線は、怪我をした囚われ人にいく前に六荷の酒樽に注がれていた。

「坂崎どの、未だ六千枚は酒樽の中にござるのか」

「さようにございます」

樋口がにたりと笑い、囚われ人に歩み寄った。

それを確かめた磐音は見張り屋を出た。

樋口の取調べは一刻半（三時間）ほど続いた。

磐音は樋口の取調べが終わるのを浜で待っていた。

見張り屋から姿を見せた樋口精兵衛の顔は険しかった。

「呆れ申した」

小人目付が吐いた言葉はこの一言だけだ。

「おはつどのが朝餉を用意しております」

「頂戴しよう」

と樋口は答えた。

二

朝餉の後、樋口は、

「暫時、部屋を借りたい」

とおはつに申し出て、半刻（一時間）余り筆を走らせていた。日金の欽五郎の子分や剣術家からの証言を書き留めているのだと、磐音は樋口の側には近寄らなかった。その代わり、見張り屋の酒樽を初木神社に運び込んだ。

書き付けた帳面を道中嚢《どうちゅうのう》に仕舞った樋口は、

「熱海に渡りたい」

と磐音に言った。

樋口は、今井半太夫方に滞在する御普請奉行原田播磨守義里と伊豆の石切場の関わりの者たちの対面の場を探りたいのだろう。

「承知しました。舟を用意させます」

「坂崎どのはどうなさるな」

「小田原の医師のもとで怪我をした朋輩《ほうばい》が治療を受けております。見舞いかたがた参ります。ついでに日金の手下《てか》たちも医師の治療を受けさせたいと存じます」

「ならばあやつどもの始末、小田原藩を通じて韮山代官に送り渡そう。それがしが文を認《したた》めるゆえ、小田原藩町奉行笹目《ささめ》辰三郎《たつさぶろう》どのに渡してもらえぬか。後は笹目どのが手配をしてくだされよう」

幕府の御目付支配下の小人目付は、譜代小田原藩にも人脈を持っていた。

「承知しました」

磐音はおはつに頼んで、二艘の舟を手配した。すべて吉右衛門が、

「入り用の金子は惜しむものではありません」

と預けてくれた小判のお蔭《かげ》で、漁師も舟もすぐに手配ができた。

半刻後、熱海と小田原に向かう二艘の漁師舟は初島の湊を出た。

「樋口様、お気を付けて」

「どこぞでまたお目にかかりましょうぞ」

幕府の探索方は磐音に向かって会釈《えしやく》した。

磐音も樋口の舟に、そして、島のおはつに会釈し、

「おはつどの、陣吉どのを島にお返しいたすぞ」

と叫んだ。

磐音が小田原城下外れの湊で舟を下りたのは昼の刻限だ。まず漁師の一人を、小田原藩町奉行笹目辰三郎のもとに樋口の書状を持たせて走らせた。すると半刻後には町奉行所支配の同心たちが駕籠を数挺連ねて湊に姿を見せた。

「坂崎どのにござるか。それがし、笹目の命にて不届き者を引き取りに参りました。治療をした後、韮山へ搬送いたしますのでご安心を」

と挨拶して引き取っていった。

磐音はこれで身軽になった。

舟を湊に待たせた磐音は、柳次郎が治療を受けている小田原城下の外科医、東野白堂の屋敷を訪ねた。すると陣吉が玄関先から、

「お侍さん」

と叫んだ。

「どうだ、品川さんの具合は」

「まあ、ご覧になってくだせえ」

柳次郎は風の通る座敷に一人寝かされていたが、

「坂崎さん、薬臭いところにこれ以上いるのは嫌です」

と駄々をこねるように訴えた。

「この分ならばまずは安心。一時は江戸の母御にどのような申し開きをしようかと心配しておりました」

磐音もほっと一安心した。そこへ陣吉の知らせに白堂医師が姿を見せて、

「目の周りも肋の骨折も時間《とき》が薬。患者が望むならばお引き取り願ってもよいぞ」

と言ってくれた。

「お医師どの、お世話になりました」

と礼を述べる磐音に柳次郎が、

「助かった」

と快哉《かいさい》を叫んだものだ。

白堂の屋敷から駕籠に乗せられた柳次郎がそろそろと湊に運ばれ、待っていた舟に乗り込んだ。

舟が一気に小田原から相模灘へと出たとき、柳次郎が訊いた。

「原田め、どうしてますか」

磐音は柳次郎が留守をした数日の空白の動きを伝えた。

「なに、小人目付がすでに豆州に入っていますか。えらく素早いな」

「御側衆の速水様が動かれたせいですよ」

と江戸を発つ前、佐々木道場での会話を柳次郎に告げ、

「原田様の賂《まいない》好きは城中で目をつけられていたのかもしれません。それがあるからこそ、速水様も、なんぞあればそれがしに知らせをと仰せられたのでしょう」

「となると、御普請奉行原田播磨守義里の運命も風前の灯《ともしび》だ」

「江戸に戻られれば御目付の調べが始まるやもしれません。だが、まだまだ熱海では騒ぎが続いております」

「一波乱ありそうですか」

「原田様は伊豆山神社の首謀者を熱海に呼びつけておられる。手荒な真似をなさらぬとよいのですが」

熱海にいるかぎり、御普請奉行は幕府を代表する高級役人、いかなる横暴も可能だった。

「小人目付一人ではどうにもなりませんか」

「樋口精兵衛様は探索にお見えになっているのですから、騒ぎになったときに鎮める力はお持ちではありますまい」

「となるとわれらが働くしかないか」

「そういうことです、品川さん。早く元気になってください」

と磐音は柳次郎に願った。

熱海に着いたのは夕刻前だ。

「陣吉どの、こたびはえらく世話をおかけした。このとおり礼を申します」

磐音が頭を下げると陣吉が、

「お侍さん方は豆州のために働かれているんだ。おれたちが汗をかくのは当たり前だよ」

と若い漁師は応じ、

「手伝うことがあればいつでも知らせてくだせえ」

と言い残すと初島に戻っていった。

直ちに柳次郎は山田屋の座敷に運ばれ、

「どんなに親切にされても薬臭い医者の屋敷にいるのは御免です。湯の匂いがなんぼかいい」

と心から安堵の声を洩らしたものだ。

今井半太夫方では門前に高張《たかはり》提灯が掲げられ、日金の欽五郎の手下たちが物々しい警備をしていた。

原田は青石屋千代右衛門や鶴蔵たちを呼んでどうする気か。

磐音は今津屋吉右衛門や津山藩御用人の野上九郎兵衛らを渡辺彦左衛門方に訪ねて、柳次郎を連れ戻ったことを報告するとともに、今後の指示を仰いだ。

「品川様に大事なくようございました」

と吉右衛門がまずそのことを喜び、

「今も野上様と相談していたところですが、原田様は強引にも幕府御用を邪魔したとして、伊豆山の集まりの首謀者を処断なさる気のようです」

「処断と申されますと」

「口を封じる荒業も辞さぬと、江戸から連れてきた種村兵衛様方に下知なされたそうです」

「なんと無法な」

「それでわれらも困っておるのだ」

野上らは思案投げ首の体《てい》で溜息をついた。

「青石屋千代右衛門様方がどうしておられるか、ご存じありませぬか」

「伊豆山に集まった大半の衆が、白衣姿で、上多賀の庄屋や鶴蔵さんを殺しちゃならないと来宮神社に集まっているそうです、あと半刻もすれば今井半太夫方に押しかけられるようです。となると、いよいよ原田様は不穏の者どもと一刀両断になさりかねません」

千代右衛門らの命が危なかった。

「坂崎様、なんぞ手はございませんか」

磐音も思案に余った。

まず、幕府の威光を振りかざす原田に血を流させてはならなかった。また吉右衛門が普請の金子を融通しようという津山藩を巻き込んではならなかった。

（なんとか穏便にことを済ませ、江戸の判断に任せる手はないか）

と考えたが、熱海と江戸は二十七里の距離があった。

「しばし一人で考えさせてください」

磐音はそう言い残すと吉右衛門らの前を辞去した。

今井半太夫方では、来宮神社に集まった連中が押しかけてくるというので、物々しい警戒ぶりであった。いよいよ緊張も高まっていた。

大名諸家が湯治の際に宿泊する半太夫方の裏口は一転して静かだった。それでも御普請奉行支配下の同心や日金の子分たち四人ばかりが警戒に当たっていた。

「酔うた酔うた。今宵は大いに飲んだぞ」

肩を組み合い、腰をだらしなく落とした二つの影が、ふいに裏口の路地に姿を見せた。

酒の匂いが路地に漂った。

「こちらは御普請奉行原田様の宿泊所である。早々に立ち去れい！」

と同心が酔っ払いに横柄に命じた。

「なにっ、御普請奉行様が滞在とな。お目にかかって参ろうか」

酔っ払いがよろめく足取りで近付いた。

無論、酔っ払いを演じて大声を張り上げているのは、竹村武左衛門だ。

「行け、行かぬと痛い目に遭うぞ」

「無粋なことを申されるな、そなたも共に御普請奉行様のもとに参ろうぞ」

「行けと申しているのが分からぬか」

同心が無造作に近付いた。

その瞬間、もう一人の酔っ払い、坂崎磐音が迅速に動いた。

隠し持っていた棒の先端が同心の鳩尾《みぞおち》を突き上げ、日金の子分たちを左右に叩き伏せて一瞬の間に気を失わせた。

「造作もなきことよ」

酔っ払いを演じただけの武左衛門が吐き捨てた。

「竹村さん、あとはお任せください」

磐音はそう言い残すと裏口から半太夫方に忍び込んだ。

原田義里は半太夫方の離れ座敷に一人いた。

吉右衛門が、

「茫洋とした方」

と評した相貌は両の頰《ほお》が垂れるほどに肉を付け、細く閉じられた両眼が鈍い光を放っていた。そして、絶えずぜいぜいという音が喉から洩れていた。あまりにも太っているせいだ。

原田の視線が庭を見た。

「何者じゃ」

「坂崎磐音と申します」

「坂崎じゃと」

としばし考えていた原田が、

「百面の専右衛門とか申す盗っ人を捕らえた今津屋の用心棒か」

原田が人を呼ぶ気配を見せた。

「原田様、お待ちください。お話がございます」

磐音が制し、原田が、

「そなた、用あって忍んできたというか」

「お節介にございます」

「お節介とはなんだ」

「本番御目付山本徳蔵様の支配下、小人目付の樋口精兵衛様が、原田様の行状探索に熱海に潜入されていることを知らせに参りました」

「虚言を申すでない」

「虚言を弄《ろう》して、それがしになんの得がございましょう。伊豆山神社の境内でそなた様の支配下の種村様手下どもを叩き伏せたのは、それがしにございます」

「あの狼藉はそのほうであったか」

頷いた磐音は、

「あの帰路、目付どのが石段の途中でそれがしを待ち受けておられたのです」

「一介の浪人に小人目付がなぜ会わねばならぬ」

「それがしが呼び寄せたと申せば、いかがか」

「また大言を吐きおって」

「原田様には上様御側衆の速水左近様をご存じですか」

「幕閣のお一人、むろん承知しておる」

「速水様は、それがしの剣の師佐々木玲圓先生とは昵懇の付き合いにございます。

それが縁でそれがしも親しくさせてもろうております」

「うーむ」

原田が初めて不審の色を見せた。

「江戸を発つ前に、道場にて速水様にお目にかかりました。その折り、こたびの今津屋様の供を告げますと、しばし考えられた速水様が、なんぞあればすぐに江戸に知らせよと命じられました。その言葉の意味に思い当たったのは豆州に入ってからにございます」

原田は細い目をさらに細くして磐音の話に聞き入っていた。どこか納得した様子でもあった。

「原田様が上多賀村の石屋糸川の儀平と組んで、石垣普請の石の調達でひと儲けなされようという企みをすでに二度ほど書状に認め、早飛脚にて江戸の速水様に報せており申す。速水様が城中で本番目付の山本様と会われ、その結果、小人目付の樋口様が原田様探索のために豆州入りなされたのでございましょう」

原田は眠ったような顔でなにかを考えていた。

「御奉行、いま一つお伝えしておきます。津山藩のために今津屋が融資する六千両の一件にございます」

「六千両。なんのことじゃ」

「津山藩御用人野上様からお聞き及びのはずにございますが」

原田がふふふっと笑った。

「原田様は日金の欽五郎とか申す土地のやくざに命じ、六荷の酒樽に隠されていた六千両を山田屋から盗み出されましたな」

「知らぬ」

「知らぬと申されますか」

「一向に存ぜぬわ」

「ならば、ようございます」

「おぬしから話を持ち出しておきながら、もうよいとはどういうことじゃ」

「初島に奉行自らが遊び船を仕立てて、お運びになった酒樽、すでにわれらの手に取り戻しましたでな」

「なかなかやりおるな」

原田の茫洋とした相貌と目付きが変貌し、眼に鋭い光が宿った。訝しいことにどこか悠然と構えていた。

磐音はその態度に違和感を覚えた。

「原田様が江戸から従えてこられた剣客江連兜太郎右衛門らを斬り伏せ、残りの者を手捕りにし、小田原藩を通じて韮山代官所に送ってございます」

「いろいろと策動しおって」

「今ひとつ、小人目付樋口様直々にこの者どもの取調べをなさいました」

「致し方なし」

と原田が呻いた。

「原田様、もはや幕臣旗本としては雪隠《せっちん》詰めにございます。かくなれば、原田の家系を汚さぬことが大事にございましょう」

磐音は隠居を示唆した。

「どこの馬の骨とも知れぬそのほうが、旗本直参二千三百石の原田義里に指図をいたすか」

「足掻《あが》けば足掻くほどに糞溷《ふんこん》に嵌《はま》り込みましょう」

「道は一つかな」

と原田義里は洩らした。

「身を捨ててこそ浮かぶ瀬もございます」

「よいことを申すではないか」

「同意いただき、恐縮に存じます」

「そなた、名はなんと申したかの」

「坂崎磐音にございます」

「坂崎、ちとわしを甘く見おったな」

原田義里の風貌がふてぶてしく変わっていた。

ぽんぽんと手を叩いた。

御普請奉行支配下とは思えぬ浪人者たちが姿を見せた。

原田義里の目が磐音を見た。そこには余裕さえ感じられた。

「坂崎、おぬしの申すとおり、それがしは熱海を退散いたす」

「石垣普請の役目を捨てると申されるので」

「さよう。石垣普請など無粋じゃ。それに小人目付が身辺をうろうろするようでは原田家の先行きも決まったも同然」

と言い残した原田は、太った体を意外にも機敏に動かし、今井半太夫方の離れ屋から母屋に消えた。

原田義里の始末は磐音の仕事ではない。新たな御普請奉行が江戸から命じられ、津山藩と相携えて石垣普請の御用にあたるならそれでよいのだ。

剣を抜いた浪人者たちが磐音を囲んだ。

磐音は棒を立てた。

だが、浪人たちは磐音に攻撃を仕掛けてこようとはしなかった。

磐音が踏み出せばさっと後退し、それでも輪を崩さない。

時でも稼げと命じられているのか。

磐音は、来宮神社に集まった千代右衛門らはどうしたか、いたちごっこのような対峙の中で考えていた。

三

「坂崎さん!」

竹村武左衛門の胴間声が響き、離れ屋の庭に駆け込んできた。

「原田は初島に押し渡る様子だぞ!」

「なんですと!」

磐音が不思議な顔をしたとき、浪人たちがさっと庭から姿を消した。

「酒樽に再び目をつけたのでしょうか」

磐音が自問するように呟くと武左衛門が言った。

「あやつの腹心種村兵衛が初島に先行しているという話だ。この家を警護していた原田の手下どもも姿を消しておる」

「しまった！」

吉右衛門の読んだとおり、茫洋とした風貌の背後に危険な爪《つめ》を隠していた。

「種村兵衛一統は初島を襲うておるのか」

「江戸に連れ戻され、切腹を命じられるよりは、六千両とともどもいずこかへ立ち退《の》こうと考えたようです」

「となるとあやつめ、小人目付が身辺を探っていることをすでに承知していたのではないか」

「あるいは」

と答えた磐音は、初島へ参りますと武左衛門に告げた。すると、

「お供つかまつろう。柳次郎の代わりにちと働かんと日当が貰いにくい」

と武左衛門らしい言い回しで即座に応じた。

二人は今井半太夫方の庭から表に飛び出すと浜へ走った。すると海岸の方角で火の手が何か所も上がっていた。

浜に上げられていた漁師舟から火の手が上がり、原田義里の一行を乗せた三百石船が湊を出て、初島に急行しようとしていた。

原田は狡猾《こうかつ》にも、追跡できないよう漁師舟に火をかけて熱海を立ち退こうとしたのだ。

「坂崎様」

吉右衛門の蒼褪めた顔があった。かたわらには津山藩の野上九郎兵衛、勝俣膳三郎らの呆然とする姿もあった。

「原田様は前々から身辺に探索が及んでいることを察していたのではありませぬか。こたびの豆州入りは最初から石の調達のためなどではなかったのでは」

「今津屋どののお考えが当たっているように思えます」

「それで納得いたした」

と野上が呟いた。

「江戸を出る前に原田様に呼ばれ、豆州の石の買い付けには前払い金の金子が要る、一万両を持参せよ、としつこく命じられた。津山藩では一万両など都合がつかぬ。なんとか今津屋の計らいで六千両を運んできたが、原田様は最初から己れの懐に入れる気であったか」

と呻き、

「今津屋、酒樽六荷はどこにある」

と訊いた。

吉右衛門が磐音を見た。

「初島に隠してございます」

「大変じゃぞ。今ここで奪われれば永久に戻っては参らぬぞ」

野上がそう言ったとき、新三郎が、

「初島に渡れる船が一隻残っておりました！」

と叫びながら姿を見せた。

新三郎は火を次々にかけられる舟の間を駆け回り、無事な舟を探し回っていたようだ。

「新三郎どの、案内《あない》してくだされ」

頷いた新三郎と、従おうとした磐音と武左衛門に、吉右衛門が、

「お頼み申しますぞ」

と願った。

漁師たちが火を消そうと立ち騒ぐ浜を、和田浜のほうへ三人は走った。すると

浜にはすでに舳先《へさき》を初島に向けた押送船《おしおくりぶね》が待機していた。

「銀平《ぎんぺい》旦那、お願い申します」

「承知した。漁師の舟に火をかけるような奴は、だれであれ、許さねえ！」

と和田浜の網元銀平が請け合うと、

「一気に初島に押し出せ」

と配下の水夫たちに命じた。

獲《と》れたばかりの魚を鮮度のよいうちに小田原、鎌倉、ときに江戸まで運び込む押送船の舳先が波間に突っ込み、五丁櫓が力を合わせて、初島へと猛然と向かった。

磐音は海の上から熱海の浜を振り返った。

ようやく火の手は鎮まりそうな気配だった。

磐音は初島へ視線を移した。

原田一行を乗せた三百石船は海上三里先を行き、今にも初島に接岸しようとしていた。

「さあ、漕げ。力を入れぬか！」

初老の網元の親方が水夫たちを鼓舞して、押送船がぐいぐいと波を切った。三百石船との間合いは詰まった。だが、三百石船は満帆の風を孕《はら》んで初島に入湊しようとしていた。

「親方、湊の三百石船に気付かれぬよう島に上陸したいのだが」

磐音の言葉に、

「任してくんな」

と水夫に島の西側へ回り込めと指示した。

押送船の針路が修正され、熱海から四半刻（三十分）で突っ走り、湊の西側の岩場に船は接岸した。

「かたじけのうござった」

礼もそこそこに磐音ら三人は船から岩場へと飛び移り、崖をよじ登って夏草の原に突入した。

磐音の先導で一行は初木神社を目指した。すると初木神社の境内から若い女の悲鳴が聞こえた。

おはつの声のようだ。

「それは来宮様と伊豆山様に奉納されるお神酒です。盗んではなりません！」

磐音らの耳にははっきりとおはつの声が届いた。

磐音たちは初木神社の裏手に出た。すると抜き身を提げた種村兵衛の指図で、初木神社の神殿に磐音が隠した酒樽六荷を配下の者たちが強引に運び去ろうとしていた。

おはつはと見れば、日金の欽五郎が長脇差をおはつの首筋に押し当てて、陣吉ら、松明を掲げた島の若者たちと睨み合っていた。

「坂崎さん、どうする」

「おはつどのの命がなにより大事です」

と武左衛門と新三郎の二人に注意した磐音は、

「それがしが注意を引き付けます。その間におはつどのの身柄をなんとか奪い返してください」

と二人に頼んだ。

「任せておけ」

武左衛門が胸を叩いた。

「では、参る」

磐音は二人を残して、初木神社の境内へと姿を現した。

「おはつどの、迷惑をかけたな」

「お侍さん！」

　おはつが叫んだ。

「今、種村様に願うでな」

　と話しかける磐音に、

「出おったな」

　と予測していたような口調で種村が応じた。

「種村様、酒樽はお持ちくだされ。その代わり、おはつどのを返してもらいたい」

「酒よりも娘一人の命が大事か」

「むろんのことにございます。無辜《むこ》のおはつどのの身になんぞあれば、初島の守り神、初木姫がお許しになりませぬ」

　種村の顔色がふいに変わった。

「おい、酒樽を一つ壊してみよ！」

　種村が命じて、日金の欽五郎の子分の一人が長脇差の切っ先を菰《こも》に突っ込んだ。

　一瞬、その場の者の視線が菰樽に集中した。

　武左衛門が闇を伝って日金の欽五郎の背後に近付くと、強引におはつと欽五郎の間にわが身を突き入れ、欽五郎を突き飛ばした。

「あっ！」

と驚く欽五郎を後目《しりめ》に新三郎がおはつの手を取ると、初木神社の社殿へと逃れた。

欽五郎が飛び起き、武左衛門に長脇差を振り被って斬りかかった。

武左衛門が大刀を抜くと、

「そなた、生きておっても世の中の為にならぬな」

と言いながら袈裟に斬りつけた。

さすがにやくざ剣法とは違う武左衛門の動きだ。

肩口を袈裟に割られた欽五郎がきりきり舞に倒れた。

「江戸本所南割下水の住人竹村武左衛門、日金の欽五郎を討ち取ったり！」

高らかな雄叫びが挙がった。

欽五郎の子分たちが湊に逃げ去った。

「くそっ！」

蓋が壊された酒樽を覗き込む種村兵衛の罵《のの》り声が呼応した。

「中の小判はそれがしが取り出して、樽には袋に入れた浜の石を詰め替えておきました」

磐音が平然と答えた。

「おのれ、六千両をどこに隠した」

種村兵衛が磐音に迫った。

「下奉行どの、無駄な足掻きです。そなたらが何処《いずこ》に逃げようと御目付は追っていかれよう。直参旗本ならとるべき道がございましょう」

「ぬかせ！」

と吐き捨てた種村が、

「斬る！」

と言いながら、羽織を脱ぎ捨て剣の柄に手をかけた。

「居合いですか。ご流儀を聞いておきましょうか」

「林崎夢想流《はやしざきむそう》、佐々木玲圓道場仕込みの直心影流などには負けぬわ」

と宣言すると、
するする
と間合いを詰めてきた。

自信たっぷりの言葉どおりに腕前の確かさを見せた挙動で、一分の隙《すき》も感じられなかった。
生半可な太刀打ちはできないと磐音も覚悟した。
「お受けいたします」
磐音は備前長船長義二尺六寸七分を抜いて、正眼に構えた。
間合いは二間とない。
互いが踏み込めば死地だ。
初木神社の境内に重苦しい時が流れていく。
「船が出るぞーっ！」
湊から三百石船の船頭の叫び声が響いてきた。
その直後、腰を沈めた種村兵衛が動いた。
磐音に向かって走りながら右手を柄にかけ、一気に引き抜いた。
伸びやかな円弧を帯びた刃が一条の光となって、磐音を襲った。
磐音は瞬余遅れて迎え撃った。
弧状に伸びてくる光を長船長義が弾いた。
一撃目を弾かれた種村は咄嗟に磐音の首筋に狙いを変じさせた。
長船長義が種村の二撃目に擦り合わされた。

その瞬間、居眠り剣法が真価を発揮した。

種村の鋭い攻撃の勢いが真綿に包《くる》まれたように減じた。

「おのれ！」

種村兵衛にとって初めての経験だった。

膠《にかわ》に搦《から》めとられたように刃の身動きが付かなくなった。

種村は両手に力をこめて強引に刃で押し込み、磐音に体当たりをくれて間合いを外そうとした。

体当たりを受けた磐音が、
ふわり
と体を開いた。

二つの刃が外れて、種村は動きを取り戻した。

その瞬間、種村兵衛は独創の、

「胴抜き」

を踏み込みながら送り込んだ。

視線は磐音の眼を睨みつけて牽制《けんせい》し、手だけが動いて相手の下方から腹部へと死角を伸び上がってくる必殺の剣だ。

「決まった！」
と心の中で快哉を叫んだ。
だが、信じられないものを種村兵衛は見ていた。
磐音の長船長義が眼前に迫り、
ぱあっ
と喉元を掻き斬っていた。
ううっ
その場に立ち竦んだ種村兵衛の手から剣が、
ぽろり
と落ちて、自らも崩れ落ちていった。
沈黙が初木神社の境内を支配していた。
「お侍さん」
おはつが呟き、磐音が長船長義に血振りをくれた。
「無事でよかった」
陣吉が新三郎に護《まも》られていたおはつに駆け寄りながら、
「お侍さん、御普請奉行の船が出る気配だぞ」

と教えてくれた。

おはつの目は、蓋の開けられた酒樽を見ていた。

「おはつどの、騙して相すまぬ。江戸から石垣普請に遣う金子を、来宮様と伊豆山神社献納の神酒に隠して江戸から運んできたのだ」

「六千両ですか」

「さよう。豆州で石を調達する代金なのだ」

「お侍さんは六千両を守って江戸から見えたのですか」

「そういうことだ」

「見張り屋に六千両もの小判があっただなんて」

おはつの顔は複雑だった。

「その六千両はどこにあるのですか」

「初木姫が守っておられる」

「初木姫が」

「祭りのために用意された麦こがしの中に埋めておいたのだ」

「なんとまあ」

言葉を失うおはつに陣吉が、

「おはつ、豆州に落とされる六千両を、お侍さんと初木姫が守ってくださったんだぞ」

「そうですねえ」

おはつの顔にようやく笑みが浮かび、竹村武左衛門が、

「坂崎さん、湊に行こう」

と呼びかけた。

磐音は六千両を守ってもらったことと、境内を血で汚したことを詫びて、深々と拝殿に頭を下げた。

「よし」

一行は神社の境内から湊に向かって細く曲がりくねった坂道を駆け下っていった。

すると湊では漁師たちが海を見ていた。

「御普請奉行の船はどうした」

陣吉が叫ぶと、

「見ろよ、尻に帆かけて逃げてござる」

と仲間の漁師が海を指した。

「坂崎さん、あやつを放っておいてよいのか」

武左衛門が苛立《いらだ》って問うた。

磐音は、真鶴半島の先端、三ッ石に向かって遁走《とんそう》する原田播磨守義里の帆船を見ていたが、

「ご安心あれ、逃げられはしません」

と真鶴の沖に待ち受けている別の帆船を指した。

「帆に韮山代官の御用旗が揚がっておりませぬか」

陣吉が小手を翳《かざ》してみていたが、

「確かに、江川太郎左衛門様のお出ましだ」

「御目付支配下樋口精兵衛様と連絡《つなぎ》を取り合ってのことであろう」

緊張を解いた磐音がそう説明した。

「お侍さん、御普請奉行は江戸に連れて行かれるの」

おはつが訊いた。

「おそらくそうなるであろうな。近々、新しい御普請奉行が決まるであろう」

「となると石切場の衆は当分待ちぼうけかしら」

「普請に携わるのは津山藩だ。その方々が明日にも石切場の方々と会って話を進

めらよう」

「すると六千両が島にあるのは今晩かぎり」

「おはつどの、そういうことだ」

磐音が答えたとき、相模灘の一角で二つの船が停船し、御用船から三百石船へと韮山代官所の役人が乗り込むのが望遠された。

四

江戸の炎暑はだいぶ和らいでいた。

今津屋吉右衛門と、供の新三郎、坂崎磐音、品川柳次郎、竹村武左衛門の四人が品川の大木戸を潜《くぐ》ったのは七つ(午後四時)の刻限だ。

御普請奉行原田播磨守義里は海上で、韮山代官所と本番目付支配下の小人目付の手で召し捕られた。

六千両を護って初島から熱海に戻った磐音のもとに樋口精兵衛の使いが来て、原田義里の身柄を確保したこと、早々に海路江戸に護送されて、まず御目付の手で調べが始められることなどを伝え、江戸での再会を楽しみにしていると知らせてきた。

　また津山藩の御用人野上九郎兵衛のもとには御普請奉行を統括する若年寄から早飛脚が届き、韮山代官所と相協力して石垣普請の石の買い付け、切り出し、輸送を迅速に行えとの命が認められていた。

　野上は豆州の石屋の主らを熱海の来宮神社に召集して、江戸城外曲輪の石垣修理作業の協力を要請した。

　仮契約の後、石屋や船問屋たちに前払い金が支払われ、今津屋吉右衛門の御用は終わった。そこで磐音ら四人とともに江戸に戻ることになったのだ。

　日本橋の高札場《こうさつば》界隈の賑わいを見た竹村武左衛門が、

「やはり江戸はよいな」

　と嘆声を上げた。

「酒も旨《うま》いし、魚は新鮮、名物の大湯に浸かって熱海で一生のんびり暮らしていい、と言ったのはどこのだれだ」

「柳次郎、旅先ではたれしも心優しくなるものだ。だがな、江戸の賑わいを見ると、どんな貧乏暮らしでも懐《なつ》かしくなるもんだぞ」

　両国西広小路の一角に両替商の象徴である分銅看板を見た新三郎が店に駆け出

し、まず宮松がそれを見付けて、

「旦那様のお帰りですよ」

と店じゅうに呼ばわった。

由蔵以下、奉公人たちが一斉に店先に飛び出してきた。

「お疲れさまにございました」

「旦那様、お帰りなさい」

「豆州まで御用旅とは、この暑い盛りにご苦労でしたな」

と大勢の奉公人や顔見知りの客に迎えられた。

「皆さん、ただ今戻りました」

主の吉右衛門らの十数日の留守にも拘《かかわ》らず、老分番頭の由蔵を中心にぴくりとも揺るぎのない商いをしていた。そのことは店の内外の塵《ちり》ひとつ落ちていない佇まいにも感じられた。

おこんが女衆を指揮して濯《すす》ぎ水の入った桶を運んできた。

まるでこの日に戻ってくることを想定していたように、えらく手際のいい応対ぶりだ。

「ささっ、足を洗って奥へお通りください」

というおこんに柳次郎が、

「おこんさん、竹村の旦那ではないが、江戸の風に当たったら北割下水が恋しくなりました。母上に熱海土産の干物を食べさせとうございます。この足で両国橋を渡ります」

柳次郎はそう言うと背に負った土産を見せた。

目の傷も紫色の痣《あざ》になり、あとは日にちが治してくれるまでに回復していた。

「御酒を飲んでいかれればいいのに」

「一杯で済まないのが相棒です。このまま一気に大川を渡ります」

柳次郎の言葉に武左衛門はなんとも未練ありげだ。

「そういうことならば」

と由蔵は無理に引きとめようとはせずに、筆頭支配人の林蔵に目配せした。

「細かい精算はあとでいたしますが、まずは日当と慰労金、お二人に二十両ずつ包んでございます」

と言うと林蔵が二人に奉書包みを渡した。

「盆と正月が一緒に来たようだ」

柳次郎が素直に押しいただき、奉書包みを開いて調べようとする武左衛門の手から素早く金包みを取り上げた。

「なにをする」

「武士が行儀の悪いことをするものではないぞ、旦那。それにそなたの手に渡るとこの大金がどうなるかしれたものではない。これは私がお内儀どのに渡す」

「殺生を申すな。前払い金の顔も拝んでいないのだぞ」

武左衛門が柳次郎から取り戻そうとするのをおこんが、

「竹村様、品川様のお指図にお従いください、それが家内円満の秘訣です。今宵は勢津様とゆっくり差し向かいでお飲みくださいまし」

と台所から運ばせた角樽をそれぞれに、

「お荷物になりますが」

と渡した。

武左衛門がさっと角樽を摑み、

「こいつだけは柳次郎に渡さぬぞ」

としっかり抱え込んだ。

店先に笑いが起こり、二人は、

「これにて失礼します」

と両国橋へと向かった。

　それを見送る磐音におこんが、

「旦那様が内湯に入られた後、湯をお使いなさい」

「お二人が両国橋を渡るのを見たら、金兵衛長屋に戻りとうなった」

「待つ人もいない長屋に里心がつくなんて、どういうことよ。私たちに旅の話を聞かせてくれてもいいでしょう」

「そうだな」

「それに、坂崎さんにはこちらから訊きたいこともあります」

「なにかな」

「それは後のお楽しみよ」

「なにやらよくない話のようだ」

　と呟く磐音を由蔵がにやにやと笑って見た。

　内湯を使わせてもらった磐音がおこんの用意した浴衣《ゆかた》に着替え、奥座敷に行くと、すでに膳が並べられ、主の吉右衛門、老分の由蔵が待っていた。

　すべて手際がいい。

「お待たせ申して恐縮です」

そこへおこんが、

「暑いので燗《かん》はしてございません。冷酒のほうが喉のとおりがよいかと」

と涼しげなギヤマンの酒器に酒を入れて運んできた。

三人の男たちの前にある器も江戸切子だ。

おこんに酌をされて、

「ご無事でのご帰着おめでとうございます」

「留守中、なにかと面倒をおかけしましたな」

と主従が改めて挨拶をして、酒を飲み干し、

「やっぱり家で飲む酒が一番です」

と吉右衛門が安堵の声を洩らした。

「御普請奉行原田様は、大変な人物にございますようで」

由蔵が言い出し、吉右衛門と磐音が道中で起こったことを交互に話した。

「なんとねえ」

由蔵は呻くように言い、

「麴町の原田様のお屋敷は、若年寄支配の役人が竹矢来《たけやらい》を組み、お身内の方々は

出入りもままならないという話ですよ」

「原田様の身柄はすでに江戸にあるのですか」

「一昨日の昼前には船で江戸に戻されておられます」

「さすがに御目付のなさることは素早いものですな」

　吉右衛門が感心した。

「本日の昼過ぎに南町の木下一郎太様が店にお顔を出されて、原田義里様のお裁きは評定所五手掛りですでに始まり、原田様は切腹、原田家は改易で決着が付きそうだと話していかれました。その折り、旦那様方がそろそろ江戸に戻られる頃だと言い添えていかれたのです」

　五手掛りとは、町奉行、勘定奉行、寺社奉行、大目付、目付が同席する裁きのことだ。

「どうりでお迎えの用意がよろしいはずです」

　磐音がようやく納得した。

「話は違いますが」

　と前置きした由蔵が、

「木下様のお話によれば、南町奉行牧野様には因幡鳥取藩から多額の口留め料が届けられたとか。笹塚様が、奉行の懐に入ってはこちらの実入りにはならぬとぼやいておいでだそうです」

「今津屋どのにはご挨拶がありましたか」

「安養寺多中様がおいでになって頭を擦《こす》り付けて詫びて行かれ、旦那様がお戻りの節には改めて挨拶に来ると言い置いて帰られましたよ」

吉右衛門が頷き、磐音が応じた。

「なんとか鳥取藩の騒ぎは鎮まったようですね」

「何人もの家臣の方が詰め腹を切らされ、屋敷を追われたそうにございます。これでなんとか一件落着にございましょうな」

と由蔵が答え、おこんが複雑な顔をした。

だが、そのことに磐音は気付かなかった。

その後、一座は熱海での四方山話に花が咲き、磐音は五つ半(午後九時)前に今津屋を辞することになった。

「汗臭い道中着は置いていって。うちで洗い張りしておくから」

「となると、浴衣に大小の格好で大川を渡ることになるな」

「お屋敷勤めでもなし、だれからのお咎《とが》めもないでしょう」

おこんが店の前まで送ってきて言った。

「そういえば、先ほどおこんさんは、それがしに訊ねることがあると言うておられなかったか」

「思い出したわ」

とおこんも叫んだ。

「鳥取藩の御重役織田宇多右衛門《うたえもん》様のご息女、桜子様が、三日にあげずお駕籠を店先に止められて、坂崎磐音様は未だお戻りになりませぬかと熱心な問い合わせよ」

「なんと、鳥取藩の騒ぎは一件落着したのではないのですか」

「お家騒動は落着したでしょうよ。でも、だれかさんが若い娘の恋心を擽《くすぐ》ったとみえて、こちらの炎《ほむら》はますます燃え盛っているわよ。どうするの」

「どうすると申されても、それがしにはなんともしようがござらぬ」

「なにが、なんともしようがござらぬよ。恋も火事も小火《ぼや》のうちに消さないと大火事になるわよ」

とおこんが睨んだ。

「確かに」

「なにが確かによ」

「金兵衛どのの女難の相のご託宣が当たったようです」

「お父っつぁんの辻占のせいにしないでね」

おこんがぴしゃりと言い、磐音は急に意気消沈して両国橋へと向かった。その手には長屋の住人への干物の竹籠《たけかご》がぶら下げられていた。

両国橋にはもはや夕涼みの人の往来も絶えていた。

風もなくじんわりと暑い夜が川面《かわも》から橋の上を覆っていた。

磐音が長さ九十六間の両国橋の中ほどまで歩いてきたとき、橋の欄干《らんかん》に寄りかかり、水の流れを見下ろしている黒い影があった。

(まさか、武家が身投げを……)

と磐音が考えたとき、大きな背がゆらりと起き上がり、磐音を見た。

全身から憎悪と殺気がめらめらと立ち昇っていた。

「坂崎磐音だな」

「いかにも坂崎ですが、そなた様は」

「元因州鳥取藩目付古田村次右衛門じゃ」

どうやらお家騒動に絡み、古田村は責めを負わされて奉公を解かれたようだ。

「その古田村様が、何用あってそれがしを待ち伏せなさるな」

「そなたのお節介がなければ、かような夜中に行く当てもなく江戸の町をさ迷うこともなかった」

「逆恨《さかうら》みというものにございます」

「そなたを始末するのを皮切りに生き方を変える所存」

「どのように変えられるのでございますな」

「まずは今津屋に強談判《こわだんぱん》をして金子を引き出し、遊び暮らしてみるか」

「愚かな考えはよしになされよ」

「もはや問答無用」

黒羽織の紐を片手で解いた古田村は、
ぱあっ
と橋の上に脱ぎ捨て、悠然と腰を落とすと刀の柄に手をかけた。

もはや事此処《ここ》に至れば磐音も覚悟せざるをえない。手にした干物の竹籠を橋の上に置いた。

「お相手つかまつる」

「直心影流じゃそうな」

「そなた様は」

「因幡池田家伝来の富田信流」

磐音には富田信流の知識はなかった。

無念無想に立ち合うしかない。

磐音は備前長船長義を抜いた。

ほとんど同時に古田村も鞘走《さやばし》らせた。

刃渡りは二尺四寸余か、厚みのある豪剣だ。

磐音は長船長義を正眼に構えた。

古田村は剣を天に垂直に突き上げるように八双にとった。

一気に磐音を殺害する構えだ。

間合いは三間。

両者は口を噤み、相手の出方を窺った。

磐音は古田村の富田信流の腕前が並々ならぬものと直感した。さすがに迂闊には踏み込めない。

重い緊迫の対決がどれほど続いたか。

本所側から鼻歌が聞こえてきた。職人が、ほろ酔い機嫌で橋を渡ろうとしている、そんな気配だった。

古田村の垂直に立てられた剣がいったん沈み、再び高々と突き上げられた。

怒濤《どとう》の突進が橋に響いた。

磐音は不動の姿勢で待った。

生死の間仕切りが一瞬のうちに切られ、懸河《けんが》の勢いで豪刀が磐音の肩に雪崩《なだ》れ落ちてきた。

磐音は相手の動きを見つつ、長船長義で擦り合わせた。

ぱあん
と弾かれた。

驚くべき斬り下ろしであった。

なんと、迎え撃つ居眠り剣法が拒まれたのだ。

それでも古田村の豪剣は流れ、磐音の肩口すれすれに落ちていった。

古田村の巨軀《きょく》が敏捷《びんしょう》に磐音のかたわらを走り抜け、剣が片手斬りに反転された。

磐音もまた片足を軸に身を翻して、片手斬りを受けた。

ちゃりん

という金属音とともに火花が散った。
間合い一間半で両者は睨み合った。
「斬り合いだぜ」
橋を渡りかけていた職人が呆然と呟いた。
肩に道具箱を担いだ大工だったが、闘う二人にはそちらを見る余裕はなかった。
「おのれ」
という言葉が吐き捨てられ、古田村が弾む息を素早く整えた。
磐音の位置は、見る方向がこれまでとは反対の、両国西広小路に変わっていた。
常夜灯の灯りが古田村の肩口から洩れてきた。
古田村の剣は再び変形の八双に構え直された。
磐音もまた正眼に戻した。
今度は気配も見せずに古田村が死地に踏み込んできた。
磐音も動いた。
正眼の剣を擦り合わせるのではなく、小手斬りに変じさせていた。
黒い殺気を含んだ風が大きく舞い降り、磐音の小手斬りが鋭く襲った。
二人が同時に踏み込んだことで、互いの剣は相手を捉える間仕切り内に入っていた。

磐音は左の肩に落とされる刃を意識しながら存分に踏み込み、小手を撃った。

ぱあっ
と血飛沫《ちしぶき》が手首から上がり、古田村の剣が勢いを失った。

磐音は古田村のかたわらを走り抜け、反転した。

古田村の右手首の力がだらりと抜け、苦悶《くもん》の表情を見せた。

それでも剣を左手一本に支えていた。

「勝負ござった」

磐音の声を無念の形相《ぎょうそう》で聞いた古田村次右衛門は、半ば放心の体でよろよろと両国西広小路に向かって歩いていった。

「驚いたぜ、すっかり酔いが醒《さ》めちまった」

見物の大工が呟き、磐音は血振りをくれた長船長義を鞘に納めた。納めながら、

(天神鬚の研ぎ師、鵜飼百助どのに包平《かねひら》の研ぎを出してあった)

ことを思い出していた。

文春文庫

朝《あさ》虹《にじ》ノ島《しま》
居眠《いねむ》り磐音《いわね》（十）決定版《けつていばん》

定価はカバーに表示してあります

2019年7月10日　第1刷

著　者　佐《さ》伯《えき》泰《やす》英《ひで》
発行者　花田朋子
発行所　株式会社 文藝春秋

東京都千代田区紀尾井町 3-23　〒102-8008
TEL 03・3265・1211㈹
文藝春秋ホームページ　http://www.bunshun.co.jp

落丁、乱丁本は、お手数ですが小社製作部宛お送り下さい。送料小社負担でお取替致します。

印刷製本・凸版印刷

Printed in Japan
ISBN978-4-16-791317-5